FLORET
READING

小花阅读

我们只写有爱的故事

青春阅读 幸得相见

有爱的青春陪伴者

听你说，你愿意

鹿拾尔 / 著

贵州出版集团
贵州人民出版社

· 作者简介 ·
ZUOZHEJIANJIE

鹿拾尔

| 小 花 阅 读 签 约 作 者 |

拖延癌晚期，重口味网瘾患者。

超级英雄电影死忠粉，喜欢看古古怪怪的冷门类英美剧，同时也是轻度摄影爱好者。

梦想有一天成为超级英雄拯救地球的中二少女。

伙伴昵称：612、六妹

已上市：《鱼在水里唱着歌》《忆我旧星辰》

作者前言

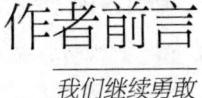

我们继续勇敢

　　我喜欢向沉誉称呼辛栀为"阿栀"，也喜欢辛栀称呼向沉誉为"向三哥"。

　　写完番外的这一刻，阿栀和向三哥的故事终于落入了尾声，他们进入了人生中新的阶段。他们是我目前为止最喜欢的一对，磕磕绊绊历经坎坷还是在一起，彼此信任彼此相爱。

　　"阿栀，那个你讨厌的人，每分每秒都想回到你身边。"他做到了，未来的每分每秒，他也会一直在她身边。

　　这个故事从穿好看裙子的夏天写到了裹着厚围巾的冬天。这段时间里，故事里的大家经历了许多不顺，而讲述他们的故事的我，也过得并不怎么开心。几个月前，我左耳突然不适，去医院检查却被医生告知是突发性耳聋，如果短期内不能及时医治好，就再也没办法了。

　　这件事大概是我到目前为止经历过的最大打击了。

　　那时候我以为自己真的快要聋了，接连去了好几家医院，做了几次听力测试，吊了几次水，中药、西药连番吃，吃了整整两个月的药，也陆陆续续休息了一段时间。在反反复复发几次后，终于稳定下来了。

　　再加上几次林林总总的小事故，于是我忍不住埋怨，今年我太惨了，我怎么会这么惨。露露却说，否极泰来，明年我一定会很好。

　　那就承她吉言，明年的我一定会很好吧。正如故事里的人们，经历了苦难后，总会迎来圆满的结局。

　　真的很感谢这段时间里一直关心我的若若梨姐姐，以及和我一起奋斗的小伙伴们。多谢照顾，以后也一起加油吧！

　　再苦口婆心地叮嘱大家一句，身体是革命的本钱，真的要少熬夜少长时间戴耳机。

　　另外，接下来我打算写一个关于高中校园的故事，以我的高中为原型，故事里的每一个人都或多或少有身边人的影子。那是我的经历，也是你们的经历。

虽然还没开始，但我很喜欢那个故事，希望喜欢这个故事的你们也能喜欢。

鹿拾尔

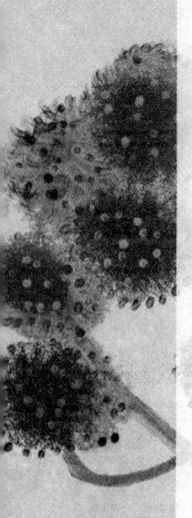

目录

×

CONTENTS

目录

CONTENTS

[听 你 说 ， 你 愿 意]

楔子

小心翼翼再度靠近

轻柔的海风微微掀起窗帘一角，夕阳的余晖尽数洒至辛栀身上。

辛栀不自然地眯了眯眼，上前打算将窗帘再度合拢。起身的刹那，她的视线不由自主地落至窗外不远处的海滩上。只见三三两两金发碧眼的游客或躺或坐，几个孩童赤着脚踏着细沙追逐打闹，好不悠闲。

她有些晃神，几乎要怀疑眼前的一切是否是真实存在的。

此时此刻，远离了危险重重、稍有不慎便有可能丧命的毒贩集团，远离了真假难辨、只能隐藏住自己一颗真心的黑暗漩涡，说长不长说短不短的一年卧底生涯已成过往——

周遭的一切无不向她昭示着，这是一个崭新的开始。

　　将最后一件行李收入纸箱后，辛栀长舒一口气，招呼着搬家公司的人把纸箱搬下楼去。

　　仔细地检查了一遍整个二楼，确认没有遗漏的东西后，她走下楼去——

　　或许，是时候离开这里了。

　　刚刚踏下最后一层阶梯，便听到一个男声突兀地自客厅响起："辛小姐这是要搬家？"

　　辛栀一愣，颇觉意外地抬眼望向那人。

　　在看清来人之后，她平复了思绪，冲他颔首微微一笑："李先生。"

　　李先生是个年近五十的华侨，以前在国内经商，早些年帮着警察提供线索，一举击垮了某金融犯罪集团后，为了避免遭到打击报复，举家搬迁到这里长住，生意也在这边做得风生水起。

　　他不止做生意厉害，各方面都略有涉猎。辛栀初来这里居住时有些水土不服，也是他帮着调理的。

　　辛栀只知他姓李，具体真名是什么并不知晓。想必他为人谨慎，所以时至今日都不愿透露分毫。

　　自她两个月前来到这个美丽静谧的海边小城镇后，李先生便接到上级委托，帮助她处理各种生活上的琐事，包括现在所住的这处房子也是他帮忙租下来的。

"辛小姐是打算回国了吗？"李先生和善地问，"上级安排任务下来了？"

刚从电话里得知辛栀要退房的消息后，他吓了一跳，急匆匆赶了过来。他很清楚，辛栀是来这边休假躲避风头的，她的卧底生涯不算长，认识她的人也不算多，等国内的各种风波平息下来，她还会回去继续工作。

只是，不知道是几个月，还是一两年。

辛栀摇摇头否认："任务还没有下来。"

李先生颇有些意外："既然如此，人生地不熟的，辛小姐打算去哪里？"

辛栀的视线轻飘飘地自空荡荡的客厅掠过，她垂眼思考了一瞬，随即笃定地抬眼笑道："一个人住怪没意思的，所以打算换个地方住一住。"

"换个地方住？"李先生更意外了。他实在不知，在这个偏僻的没什么熟人的小城镇，辛栀还能搬去哪里。

"对。"辛栀弯了弯嘴角。

她扫了一眼挂在墙上的时钟，眼神里不自觉地带了些温柔的意味。

也不知道，他吃过晚饭了没有。

"打算搬去这条街的 612 号。"辛栀说。

李先生怔了怔，下意识地觉得这个地址有些熟悉。望着辛栀踏出门外，他在原地思忖了一瞬才反应过来。

他有些不可置信。

612 号……不是那个人居住的地方吗？

虽然据上级所说，之前的缉毒任务是辛小姐和那人共同协作下完成的。但是，上级还说了，辛小姐和那人有很多说不清道不明的纠葛，所以最好不要安置得太近的吗……

所以，现在是什么情况？

不过两分钟脚程，辛栀便停在了 612 号的门口。

搬家公司的人已经在一件一件地将她的行李往门口搬了。

不知道为什么，明明已经来过多次，可每次一接近这里，她还是忍不住有些心跳加速，宛如初恋时一般。

她无比清楚，里面那个人对她而言究竟是怎样的存在。

她不再犹豫，轻快地踏上两层阶梯，上前按响了门铃。

"叮咚！叮咚！"

不过几秒，门便打开了，开门的人嗓音清淡低沉，熟悉如昔。

他一身简单的白色衬衣，越发凸显得他气质坚毅冷峻。

"不是给了你钥匙吗，怎么还……"话还未说完，他的声音便生生顿住了。

辛栀不躲不避地迎上门内那人漆黑的眼，笑盈盈地指了指门口堆积的行李，眼神似挑衅似得意。

"向三哥，你的快递。"她说。

站在门内的向沉誉没有说话，他嘴唇抿成一条线，定定望着辛栀和她身后的行李，神情没有一丝一毫的变化。

见他没反应，辛栀越发眉眼弯弯，她故作委屈道："怎么，向三哥还不打算收快递吗？"

沉默半晌，向沉誉眼底轻轻溢起笑意，他凝望着她，若有所思地重复："我的快递？"

辛栀轻笑一声，不再搭理他，径直绕过他驾轻就熟地往门内走。她打量着里头的摆设，转移话题似的朝他喟叹一句："哎，你这儿还真是宽敞，勉勉强强能搁下我的东西吧……你也真是，明明知道以后要在这里长住，也不给自己多添置些生活用品。"

向沉誉当了足足五年的卧底，为了国家的缉毒事业奉献了许多。贩毒团伙剿灭后，他功成身退，无需跟进种种繁琐的后续工作。同时，为了避免被毒贩余孽找上门来，所以上级特意安排，让他享受到国外定居的待遇。

向沉誉笑了，脸不红心不跳地回复："不是有你在吗？"

辛栀口头上轻哼一声，心里却有些泛甜。她任由他自身后亲昵地环抱住自己，说："要不是看你受了这么重的伤，上级又没安排人照顾你，我才懒得管你，你还不好好感谢感谢我？"

"上级不是安排了你吗？"向沉誉低笑。

"喂！"

"嗯，感谢你。"向沉誉敷衍地应了一声。

"你也太没诚意了吧？我不管，你说什么也得……"

"阿栀。"向沉誉打断她。

"啊？"

"别说话。"

他的手指按住她正欲继续说话的唇，细细研磨了一下。

"我还没有签收我的快递。"他的视线落在她越发嫣红的唇上，意味深长地低喃。

辛栀愣了半秒。

话语落，他深深俯首，独属于他的气息铺天盖地而来。

辛栀下意识一僵，但下一瞬，她全身一点点放松下来。她轻轻阖上眼，含笑踮脚义无反顾地回应他。

他的怀抱他的吻，他说话的神情和嗓音，他爱穿的白色衬衣和他微笑时的样子，他一切的一切她都无比想念。即便已经重温了无数次，可还是不够，远远不够。

他们一起经历了太多太多，有过太多不得已的谎言和利用，太多不从心的针锋相对和互相伤害，以及长达整整四年的毫无联系。

　　终于，一切尘埃落定，一切兜兜转转又回到原点——

　　她与他失而复得再度相遇，她与他小心翼翼再度靠近，她与他抛开之前的所有防备所有伪装所有不信任，再度勇敢真诚相对。

　　这次，她不舍得也不会再放手。

第一章

重新当我的女朋友, 好吗

夜晚八点, 辛栀终于将所有行李整理妥当。

铺床的时候, 她瞟了一眼一直抱胸站在客房门口丝毫没有上前帮忙意思的向沉誉一眼, 勉强压抑住不爽, 露出一个笑来。

她故意嘲弄道: "向三哥还打算看到什么时候?"

"我是个病患。"向沉誉理所当然地说。

刚说完, 他便眉头一蹙, 不着痕迹地侧过头低低地咳了咳。

辛栀手中动作一停, 嘴角那抹笑容瞬间淡了下来。她垂下眼睫盯着床单上的褶皱看, 等他不再咳嗽了才将那抹看不顺眼的褶皱抚平。

他的的确确是个病患。

其实, 她也没真指望他帮忙。

已经在这边待了两个月，向沉誉身上的伤仍然没有好彻底，稍微做大点的动作就会冷汗涔涔，虽是如此，他还是依然每天坚持锻炼，毫不松懈。

三个多月前，自己亲手开的那枪伤及他的腹部，再加上他为了让毒贩们彻底相信他，他亲自下令要警方开的那枪径直贯穿了他的胸膛，伤到了肺部，那颗子弹离他的心脏仅仅只有两厘米远。凶险万分生死一线间，他凭借一股极强的求生欲望好不容易才保下一条命来。

如果说，在他决定以身涉险之前，她尚对他曾经的隐瞒和不顾一切的离开存着几分怨恨和不满，那么，在知晓他并未真的丧命后，她只觉感激和幸运。

幸运，他们还有从头来过的机会。

"你饿不饿？晚饭想吃什么？"

铺好床单后，辛栀走出客房。

"你真不打算和我一起住？"向沉誉跟在她身后，语气一贯的冷冷淡淡，和平常一样听不出情绪来。

辛栀脑子一时没转过弯来："我这不是搬过来了嘛……"一顿，她反应过来，一副一本正经的样子扭头望着含笑的他，正色道，"向沉誉，说好了我搬过来是为了照顾你的，等你伤完全好了我就搬回去的，你可别多想。"

"我们什么时候说好让你睡客房了？"向沉誉轻轻地笑了一下。

辛栀好气又好笑："要不是看你一日三餐都不怎么按时吃，又对西餐挑剔得要命，我是怕你迟早饿死在这里，也为了避免局长怪罪下来，说我见死不救，我才勉强搬过来的，不然我才不想这么辛苦自己。"

辛栀厨艺不错，卧底的那段时间，并没有机会展露出来，所以并未有什么人知晓，而向沉誉则不然，在他们大学谈恋爱时期，他就尝过辛栀的手艺，一直念念不忘至今。

向沉誉倏地笑了，知道她嘴硬找借口，索性不再继续这个话题。

他自然地揽住她的肩膀："所以，阿栀，我们晚饭吃什么？"

"你想吃什么？"

"都可以。"

"都可以啊……"知道他会是这个答案，辛栀狡黠一笑，扬了扬手机，"既然你说随便，那我们就随便一点好了。忘了告诉你，半小时前我点了比萨。"

见向沉誉好看的眉头微微蹙起，辛栀无辜地冲他笑，飞快地补充："今天太累了不想煮东西，你不许嫌弃！"

向沉誉注视着她耍赖皮的表情，眉头终于一点点松开，眼底染上很浅的笑意。

"好，不嫌弃。"

简单地吃过比萨后，门外便传来门铃声。向沉誉好似知道是谁，头也不抬地不咸不淡道："去开门。"

辛栀狐疑地看他一眼，还是看在他是病号的份上跑去开门。

门外是个一头红色长卷发的异国年轻女人，高鼻深目身材性感。

门将将开了一条缝她便操着不熟练的中文迅速朝里头道："喻先生，您吃过晚饭了吗？据说你们……你们中国人喜欢吃饺子，这是我……亲自……"话还未说完，她便看到了辛栀，她一愣，语气中立刻带上了敌意，"喻琛先生人呢？"

喻琛正是向沉誉"假死"之后的化名。

辛栀瞥了眼她手中保鲜盒里包得奇形怪状的饺子，瞬间明白过来，这个红头发女人十有八九对向沉誉有兴趣，这是献殷勤来了。

她没由来地有些发堵，扯了扯嘴角，笑容敛了敛，僵着脸冲里头的向沉誉喊了句："喂，喻琛先生，有美女找！"

向沉誉不慌不忙地将最后一块比萨嚼完才起身走来。他轻飘飘地扫了眼那外国女人手中的饺子一眼，冲她礼貌地温和一笑："多谢，我已经吃过晚饭了。"

那红头发女人探头探脑朝里面瞟了一眼，在看清比萨盒子的那一刻，她惊呼一声，尖着嗓子埋怨："喻先生你身体不好，不要……不要吃这些东西。"

那红头发女人想了想，补充："垃圾食品。"

辛栀脸色更难看了。

那红头发女人见辛栀脸色不好，面露得意。她把手中保鲜盒强硬地往向沉誉手中一塞，也不管他愿不愿意，嘴里快速地吐出一大串希腊语。

辛栀听不懂希腊语，也懒得管她在说什么，转身便打算进去，刚踏出一步却被向沉誉攥住了手腕。

辛栀一怔。

只见向沉誉在听了那女人的话后，脸色沉寂下来。他冷笑一声，嘴角讥讽地向上一勾，手臂微微用力将一头雾水的辛栀揽在了怀里。

他嘴唇张合，飞快地回复了一句流畅的希腊语。

向沉誉大学期间曾辅修过几门外语，其中就有希腊语，此刻倒是派上了用场。

听了向沉誉的回复，那红头发女人一愣，不甘心地咬了咬嘴唇。她一把接过向沉誉递还给她的保鲜盒，翻了个白眼，嘴里不知道骂骂咧咧念叨着什么径直离开了。

看着那女人气冲冲离去的背影，辛栀颇有些幸灾乐祸，问："她刚说什么呢？"

向沉誉垂眸瞥她一眼，淡道："你不爱听的。"

"那你回的她什么？"

"她不爱听的。"

"……"

辛栀懒得理他，一副兴致缺缺的样子挣开他的手："不说算了，我困了，先去洗漱了。"

向沉誉慢慢笑了，他望着她的背影说："我说——"

辛栀脚步缓下来。

"我的饮食由我的女朋友照料，她准备什么我都愿意吃。"向沉誉说。

辛栀停了下来。

背对着他，她的嘴角不可抑止地扬了扬，她小声吐槽了句："谁答应当你女朋友了？"

也不知道他有没有听到，她想了想，还是不甘不愿地回头哼唧道："所以，她是谁？"

向沉誉简洁地回复："邻居。"

"哦……"辛栀点点头，阴阳怪气道，"邻居好啊，出个门就能偶遇，一来二去眉来眼去，难怪很快就熟悉起来了，还知道你身体不好不注意日常饮食。"

向沉誉似笑非笑："同居岂不更好？低头不见抬头见，更容易熟悉。"

辛栀撇了撇嘴不置可否，静了一瞬，她忽然扬唇正色道："你想吃饺子是不是？"

次日清晨，辛栀早早便起了床，去离小城镇最近的超市买了各式各样的食材和饺子皮，打算一雪前耻。

于是，向沉誉一下楼便看到了辛栀在厨房里热火朝天地剁馅儿。

向沉誉眉头不禁皱了皱，本以为她是玩笑话，没想到真动手了。

"真吃饺子？"他问。

"对，吃饺子。"她答。

辛栀百忙之中抬眸看了他一眼，她笑容一如既往的自信："好几年没做过了，手有些生，但你放心，味道肯定不比她做的差。"

向沉誉脸上浮起很浅的笑意，对她这番自信不予评论。

辛栀的手艺果然很好。

估计是为了报复昨日那盒奇形怪状的饺子，今天一整天下来，辛栀足足做了三顿饺子。

早餐是白菜猪肉馅儿的，中餐是虾仁馅儿的，晚餐则是胡萝卜馅儿的。

荤素搭配，很是合理。

只是，这么一整天吃过来，不止向沉誉，连辛梔自己都有些反胃吃不下了。最后没办法，放冰箱冷冻了一部分下次吃，还送了一部分给李先生家吃。

晚上的时候，辛梔有些消化不良，便拉着向沉誉去海滩散了会儿步。

轻柔的海风轻轻吹开她的长发，脚下的细沙软软的，像是踩在云朵上。

时间仿佛暂停在了这一刻。

这个海边小城镇里，亚裔面孔并不多，再加上向沉誉、辛梔相貌并不逊色，所以许多本地人早早便对两人眼熟。

此时，见两人一同出来散步，更是理所当然地将两人认成一对。甚至还有个卖花的小女孩跑到两人跟前来，用希腊语说着美好的祝福，还让向沉誉买花送给辛梔。

辛梔并不吃这套虚的，从小到大她性子骄纵，也收到过不少爱慕者大张旗鼓送过来的花，但她要么把花还了回去，要么随手把花给了身旁关系不错的女性朋友。她并不像寻常女孩一样喜欢美丽的花朵，也并不喜欢诸如此类高调的行为。

在她的意识里，只觉得花朵是需要细心呵护且容易凋零的植物，她并没有这个耐心来照顾。

以前和向沉誉谈恋爱的时候，她与向沉誉每每出去逛街也经常会碰到这类卖花的小女孩。向沉誉知晓她的喜好，便也不会特意买花送她。

　　但这次，向沉誉却在这个卖花的小女孩跟前停住了脚步，他听了那小女孩一大串的祝福后，细细端详了她手中捧的玫瑰几眼，随即毫不犹豫地将她手中剩下的九枝花尽数买了下来。

　　现在并非玫瑰的花期，所以这几枝玫瑰贵得出奇。

　　见向沉誉这么爽快，那小女孩欢呼一声，说着感谢的话，一溜烟跑远了。

　　辛栀看着向沉誉的举动有些惊讶。

　　她眼睛弯成月牙状，不以为然地调笑道："送花什么的是十多岁初恋时期的小男生小女生才会做的事情……向三哥，你不会是想学那些年纪轻轻的高中生，要向我表白吧？"

　　细心将玫瑰枝上残余的刺拔掉后，向沉誉径直将花递给辛栀，漫不经心道："拿着。"

　　见他真的把花给自己，辛栀一怔，迟迟没有接。

　　注意到周围人偶尔投来的视线，向来厚脸皮的她难得有些无所适从。

　　她接也不是，不接也不是，只好皱着眉说："明明知道我不喜欢花，你还买花做什么？"

　　向沉誉脸上并未有过多的表情，他漆黑的眼一眨不眨地望着辛栀，犹如一池深不见底的潭水。他语气很淡，仿佛只是说一件稀疏平常的事情——

"那个小姑娘刚才说了一句祝福。"

她心不在焉地表示好奇:"哦?什么?"

向沉誉稍稍停顿了两秒,像在思索:"翻译成中文的话,是祝我们相互扶持相互信任,恩爱长久永不分离。"他唇线轻轻向上扬了扬,注视着她的眼底含着某种说不清道不明的深意,"所以我买了。"

他买花的原因,只是为了这句简单的祝福而已。

辛栀心神一颤。

扶持信任,恩爱长久永不分离。

她不由得轻轻在心底重复了一遍,不知为何,一种莫名其妙难以言喻的感动蔓延开来。

她不再埋怨,默默地将那束花接了过来。

低头盯着这束花沉默地看了一阵后,她不知想到了什么,忽然扑哧一下笑出声来。抬眼见向沉誉稍显不耐烦地皱起眉,耳垂也有些掩饰不住地开始泛红。辛栀赶紧摇头,真诚地笑嘻嘻道:"没什么,只是觉得这束花特别可爱。"

和你一样可爱,她默默补充。

此刻的向沉誉,不再是做卧底这些年里拒人于千里之外的冷漠样子,那时的他不论发生什么事都是一个表情,没有情绪。此刻的他要真实许多,和大学时期追求她的他有些相似,可他们之间却又比当初更加亲密。

　　向沉誉，你也许不知道，虽然你有的时候看上去冷冰冰的，在卧底任务中也一直对我冷言冷语没有好脸色。

　　回想起来，你对我一点也不好。

　　但真奇怪，对我而言，你依旧是最温暖的存在。

　　以前是，现在是，未来也会一直一直是。

　　很久以前你曾说过，你不会变。

　　而现在的我也想对你说，我也不会变。

　　辛栀满腔感动，刚打算开口说一句温情的话，却猝不及防被向沉誉的下一句话打乱。

　　"你还有空的手吗？"向沉誉睨她一眼，忽而问道。

　　辛栀下意识地有些防备，左手抱紧那束花，把空着的右手往身后藏了藏："干什么？有倒是有，你不会又要买东西要我拿吧？"

　　向沉誉闻言低低笑了笑。

　　"不是。"他说。

　　他的左手伸到辛栀身后，将她的右手牵了出来，与她十指相扣。

　　"好了。"他说。

　　辛栀有些愣神，她抬眼瞥了瞥向沉誉英挺的侧脸，他平视着前方，好似这是再正常不过的事情一样。

辛栀偷偷翘了翘嘴角。

回了两人共同的家，辛栀特意翻出一个花瓶来，灌了水，将那束花小心翼翼地插在了里头，端详了好一阵才心满意足。

洗过澡后，她便跑去二楼阳台吹风。

早几天前就从电视上看到说今夜会有流星雨，她长这么大还从未亲眼见过流星雨，这次趁着大把空闲时光，得仔细看看才是。

二楼阳台上搁了一张大大的藤椅，她正好可以蜷缩在上面。

等了半晌，流星雨没见着，她倒是迷迷糊糊快要睡着了。这时，她感觉到自己被轻轻抱起，再然后，在他落座后，她便落入一个温暖的怀抱。她眼睛都没睁开，只下意识怕压到他的伤口，避了避。

她呢喃道："怎么还不去睡觉？"

"睡不着。"向沉誉说。

她浑身香香软软的，明明用的是他的肥皂，却弥漫着一股诱人的味道。她头发有些潮湿，并未完全吹干，于是他便有一下没一下地用手指梳理着她的长发。

也许是他的动作太轻柔，又也许是她对他全然的信任，毫无防备，她越发觉得睡意袭来，昏昏沉沉马上就要睡过去了。

安静了一会儿，向沉誉不辨情绪地开口道："阿栀，我很想你。"

辛栀说："嗯……是因为想我才睡不着？"

"嗯。"

辛栀笑笑，在他肩膀上蹭了蹭，笑眯眯道："唔……我不是在这儿嘛……"

"正因为你来了，才更加睡不着。"向沉誉说。

"……"

好了，辛栀现在睡意全无，在她觉得有些尴尬打算爬起来的时候，听到了向沉誉的下半句话。

"阿栀，从五年前我离开警校，选择参加卧底任务起，我就很想你。"

辛栀浑身一僵，好似意识到了向沉誉接下来要说些什么。

"对不起，阿栀。"他的下巴轻柔地搭在了她的头顶上。

辛栀没说话。

向沉誉轻轻喟叹一声，自嘲地笑笑："你说得对，我不辞而别，什么事都瞒着你，是我不对，你讨厌我恨我也是应该的。"

"沉誉……"辛栀睁开眼望着他。她的眉头不自觉地纠结成一团，她不喜欢听到这样自责的话，这不该是自傲的向沉誉该说的话。

向沉誉也垂眼定定望着她。

他的声音低沉好听，眼眸深邃如海。他平静地缓缓道：

　　"如果可以，我宁愿你恨我一辈子，也不想让你知道我在做什么，也不想让你同我一样，当一个容易迷失自己和容易丧命的卧底。"

　　"你错了，向沉誉。"辛栀摇了摇头，迅速打断了他的话，"我知道你是想保护我，不想我受伤，但我何尝不是这样想的呢？我同样不希望你以身涉险。"

　　辛栀深深望着他，手指抬起一寸寸抚摸过他精致的眉眼，手指切切实实触摸到他的那一刻，她满足又心安。

　　她严肃地一字一顿道："我知道，任务固然是重要的，但我更希望的是和你并肩作战，而不是单方面被你舍弃，这会让我觉得自己很没用。对，你的确该向我道歉，你的确错了。"

　　向沉誉静了静，他嘴角向上微微一掀，目光牢牢锁在她脸上，薄唇顺势吻了吻她的手指，沉沉应道："好，是我的错。"

　　"你错在不该自以为是，为了所谓的保护我，而剥夺我的知情权。向沉誉，那个时候……我是你的女朋友。"

　　"嗯，是我的错。"

　　"你错在不该所有的危险都自己一力承担，让自己深陷绝境，险些丧命。"

　　"嗯，是我的错。"

　　"你知道吗？"辛栀的嗓音有些许哽咽，但她仍在笑，拼命控制着表情，生怕泄露了满腔的担忧和害怕，"……还好你没死。"她声音有些颤抖。

向沉誉一怔，霎时间满眼惊痛。

"因为我还没有……还没有报复你折磨你。"她笑容渐深，手指也一寸寸收紧，指甲深深掐入向沉誉的肩膀里，向沉誉却恍若未觉，注视着她的眼眸越发温柔。

她声音轻不可闻："甚至还没有……好好爱你。"

良久，他才望着她慢慢笑了。

"别怕。"他低声说。

辛栀力竭，手指倏地松开，嗓子眼里好像塞了棉花，说不出话来。她所有的担惊受怕好像霎时间找到了一个宣泄口，眼眶不受控地开始泛红。

向沉誉一顿，指腹轻轻拭去辛栀眼底的泪，声音里压抑着不易察觉的心疼和颤抖。

他低声重复一句："还好你也没事。"

只要你没事，那么一切就值得。

"我爱你，阿栀。"他抬眸说这句话的语气温柔得不可思议。

话音刚落，天空中便划过一道又一道的亮光，璀璨绚烂迷人眼。

这一刹那，辛栀从惊讶震撼中回过神来。

她眼睛亮了亮，注意力瞬间被转移。

她清了清嗓子，丢开那些纷乱的思绪，抬眸望着天空惊喜道："原来今晚真的有流星雨。"

向沉誉并不在意她转移话题的生硬方式，他低咳两声，笑了笑，视线也随之落至天空之中。

辛栀赶忙站起身，合上手掌，阖上眼。

向沉誉说："你真信对流星雨许愿，愿望能实现？"

"不知道，"辛栀眼睫微微颤动，"但我的确有想要实现的愿望，所以想要试试看。"

向沉誉眯起眼，若有所思道："是吗……"

他没问她想要实现的愿望是什么，而是微微挑了挑眉，径直说："正好，我也有一个愿望，但不是靠流星雨来实现，而是你。"

"什么？"辛栀没有睁开眼睛。

沉默了半晌，向沉誉缓缓说："阿栀，你愿不愿意重新当我的女朋友？"

辛栀仍然没有睁开眼，她的笑容一点点在唇畔扩大，欢愉甜蜜一寸寸地蔓及整个心脏。

她知道他在看她，她甚至能想象出他此刻的表情。

她并没有立即回复。

她知道自己的答案会是什么，想必向沉誉也明白。

在最后一颗流星划过夜空之际，她虔诚地许下自己的心愿——

如果朝流星雨许愿真的能实现愿望的话，那么我希望，我与向沉誉，相互扶持相互信任，恩爱长久永不分离。

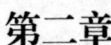

第二章
这是独属于你的特权

　　清晨，天才蒙蒙亮，辛栀便被楼下一声高过一声的交谈声给吵醒了。

　　楼下向沉誉沉默地听着李先生和两个当地的巡警交谈着些什么。见那两个警察因为焦虑而丝毫不顾忌音量，向沉誉眉峰微微一挑，手指在身旁茶几上轻叩了两下，低声示意他们楼上还有人在睡觉。

　　叮嘱的话刚刚说完，他的余光便注意到楼梯口身着睡衣的辛栀的身影。

　　他视线一顿，眉头微微锁起，起身朝她走过去。

　　"阿栀。"

　　看到警察的身影，辛栀下意识神情紧绷。向沉誉好不容易才过上平静的生活，她不愿他再度陷入往日纠纷之中，她怕那样可怕的事情再度重演。

　　她无法忍受自己再失去向沉誉一次了。

　　她有些僵硬，也懒得掩饰，径直寒声问："怎么会有警察过来？发生了什么事？"

　　"没什么大事。"向沉誉安抚道，"只是个入室抢劫的小案子。"

　　"入室抢劫？"

　　"嗯，乖，先去换衣服。"

　　没有即刻答应，送走那两个警察后，李先生才向辛栀解释："这个小城镇犯罪率很低，人人安居乐业，所以警察们大多数时候都无所事事，最多就只需要帮着民众抓一抓爬上树的小猫。当初你们两个来这边休假，上级还跟这边的警察局打过招呼，所以他们都知道你们的存在。不过他们只知道你们在国内处理过不少案子，经验比他们要丰富得多，并不知道你们具体是做什么的。"

　　话音落，辛栀仍旧面无表情。李先生干咳一声，心里有些忐忑。

　　上级早早便与他说过，辛栀和向沉誉此行是来休假，而不是来工作的，还说了，辛栀虽然看起来好说话，可实际上性子倔强，别人很难改变她的心意。她本来好端端地休着假，向沉誉身体也不好，正是需要静养的时候，可现下里各种麻烦事却还是不停地找上门来。

李先生求助似的看了向沉誉一眼，见向沉誉没有任何反应，没打算搭理自己，只好继续道："两个月前向先生刚刚搬到这里时，顺手帮着住在隔壁的一位小姐抓过一个跟踪她好几日的变态，那个变态神出鬼没的，让本地警察局伤透了脑筋，向先生算是解决了一个大麻烦。这不，昨晚出了事，那几个警察便又来找向先生帮忙了。向先生会说希腊语，要是愿意帮忙的话，那是最好不过了。"

"只是一个入室抢劫的小案子。"李先生再度补充。

"他身体不好。"辛栀思忖了一阵后，平静地说。

果然是这个答案。李先生的心凉了半截，她的意思估计是不愿插手这件案子了。

"那好，我去跟他们解释解释，他们会理解的。"

"也不用。"辛栀倏地抬眼正视着李先生，她微微一笑，眉眼间隐隐透着一股与生俱来的倨傲和自信。

"跟我说说看，案件详情。"

李先生愣了愣，没想到辛栀会愿意帮忙。他松口气，偷偷扫了眼一旁的向沉誉，见他脸上带了一丝很淡的微笑，好似早就猜到辛栀会这么做。

李先生回过神，细细跟她说起了刚才警察所说的内容来。

语毕，辛栀一直紧蹙的眉头松开来，她轻舒一口气，站起身来。她眉眼间丝毫没有不耐烦，而是弥漫着能继续重操旧业的愉悦。

"既然如此，事不宜迟，麻烦李先生带我去案发现场亲眼看一看，没有眼见为实，一切都不好说。"

李先生搓搓手也随之站起来，他喜笑颜开，连连点头："那好，那我先去和警察局的人打个招呼。"

见李先生急匆匆走出门去打电话，辛栀笑嘻嘻地将目光投在一直一言不发的向沉誉身上："我说你怎么招到的桃花，原来是英雄救美，难怪人家对你芳心暗许。"

向沉誉似笑非笑："你吃醋？"

辛栀点头，坦然承认："你是我男朋友，我吃醋不是很正常吗？老早就告诉过你，我这个人很容易吃醋的，所以呀，你最好离那些乱七八糟的女人远一点，也不许让隔壁那个女人进门来……"

"嗯，你不是一直知道的吗？"向沉誉眼眸微暗，"我一直就你一个女人。"

听了这话，辛栀心满意足了。她点点头："看在你这几年一直为我守身如玉的份上，我就勉为其难替你去破案好了。"

向沉誉薄唇微扬，表情有些冷，他不咸不淡道："不是说好了是来休假的吗？”

　　"人家找上门来求助，当然是能帮则帮咯。况且，只是小案子，当然就不劳烦向三哥亲自出马了，我替你去瞧一瞧就好。"

　　辛栀知道他不会真的生气，干脆地扶住他的肩膀在他稍显苍白的脸颊上亲了一口。

　　见他神情果然缓和，辛栀扬了扬眉带着笑继续示好道："我知道，即便我不允许，你还是会答应帮忙的，我们的本职工作是警察，惩恶扬善，面对找上门来的求助案件自然不能坐视不理。可你现在的身体状况并不适合去勘查走访，我答应你，了解了具体情况后，我便回来，和你一块商量。你乖乖听话，在家里等我。"

　　"要是我不听会怎样？"

　　辛栀作势生气："那我便收回昨晚那句答应的话。"

　　向沉誉静了一下，抿唇安静地笑笑："好。"

　　见向沉誉这么好说话，辛栀不由得更加欢喜。

　　她放下心来，悉心叮嘱："我尽量赶在中午前回来，要是没回来，冰箱里有饺子，煮一下就能吃了。对了，我前几天预约的私人医生大概下午两点的样子就会过来，你可千万别乱跑，耽误了复诊的时间。"

　　向沉誉伸手捏了捏她的鼻子，嗓音清淡："就打算这么敷衍我？"

辛栀义正词严:"哪里是敷衍?饺子是我亲手包的,味道好诚意十足,医生也是我亲自预约的,年纪大医术高超……"

见向沉誉眼神不对,她笑容更盛,又笑嘻嘻地在他脸颊上啄了一口,撒娇道:"好啦,我保证很快就回来。"

向沉誉沉默了一会儿,言简意赅:"注意安全。"

那两个离开的巡警去而复返,见辛栀愿意帮忙,他们有些兴奋,用蹩脚的英文拉着辛栀说个不停。

而辛栀则不厌其烦地认真听着那些早已从李先生口中知晓的情况,时不时和他们讨论一两句。

李先生与向沉誉一同站在门口闲聊。想了想,李先生还是忍不住问:"向先生,别怪我八卦,你和辛小姐是不是……"

"嗯,我们重新在一起了。"向沉誉坦然承认。

李先生惊讶,眼神闪烁了一下,由衷感叹:"真是不容易啊……你们当初的事情我也听说过,没想到还能……"他把没出口的"不计前嫌"四个字给咽了下去,笑道,"看来你们的感情真的很深,恭喜恭喜。"

向沉誉轻轻勾了勾嘴角:"嗯,多谢。"

"可是依我看,辛小姐好像挺不愿意你继续接触案件的,估计是后怕吧。"李先生揣摩着向沉誉的心思,压低声音试探道,"那件事……你还没告诉她吗?"

向沉誉没说话。

李先生继续说："但是，上级的意思，肯定是希望你最好是可以……"

"闭嘴。"向沉誉的眼神霎时变得冰凉，"别多管闲事。"

李先生见他表情不对，心里悚然一惊，将那句"回国"咽了下去。

向沉誉身份神秘，与他接洽的警方并没多说他的事，但李先生不是没看过新闻，虽然新闻里没有公布向沉誉的模样，但稍一推测下时间便能猜出向沉誉的身份——五号。

他明白，虽然向沉誉现在身体有些虚弱，但向沉誉卧底的那些年，为了取得对方信任，什么事都干得出，是个杀人不眨眼的狠角色，这同时也意味着，他一旦回了国真实身份遭到泄露，就会遭受到无数可怕的打击报复。

他不愿多事，赶紧点点头："你放心，我自然不会在辛小姐面前多嚼口舌的。"

不远处辛栀已坐进警车，她朝李先生招了招手，喊道："该走了！"

李先生在这边住了很久，懂希腊语，路线也熟悉，自然要随着她一同去现场的。

李先生应了一声，最后瞧了向沉誉一眼，赶紧走上前去。

看着警车绝尘而去，向沉誉淡淡地收回目光，走了进去。

直至下午三点，辛栀才回来。

　　甫一打开门就见向沉誉正在和私人医生轻声聊天，他半裸着上身，好像刚让医生看过伤势。只匆匆一眼就能看到他上半身那狰狞的伤口，除了三个月前的枪伤外，更多的，是数不清的旧伤。

　　无一不昭示着那几年的惨烈。

　　辛栀整颗心都提了起来，她不再细看，轻手轻脚地换了鞋子走了进来。

　　听见动静，向沉誉顿了一下，抬眼望过来，看见辛栀的身影，他嘴角勾起很浅的弧度。他重新将上衣穿上，招手喊她："过来。"

　　辛栀没搭理他，而是礼貌地将医生送出门后，才瞪了他一眼，故意埋怨道："你这人怎么回事？懂不懂人情世故？也不知道出来送一送。"

　　向沉誉问她："调查得怎么样了？"

　　辛栀将回来途中买的面包放置在茶几上，这才坐在他身侧。

　　她没理会向沉誉的问题，而是关切地问："医生怎么说？"

　　向沉誉稍稍清了清嗓子，说："抢劫犯深更半夜头戴面具，闯入年轻的女性被害人家中，在十分钟之内便将被害人的家洗劫一空，重要财物全部抢走，抢劫犯没有杀害她也没有侵犯她，她只是受了些轻微的皮肉伤。并且，被害人的房门和窗户并没有破开的痕迹，房内也没有陌生人的指纹，要么是抢劫犯技艺高超，觉得绝对不会被警方抓住马脚，可如果真是这样，那他没必要大张旗鼓去抢劫，要么——"他一顿，轻轻一笑，"是熟人作案。"

辛栀的目光在客厅里审视一般转了转，继续自己的话题："厨房里干干净净的，没有热过东西的痕迹，垃圾桶里也什么都没有。"

辛栀眉头拧起来，怀疑道："你是不是没吃东西？"

她低头撕开那袋面包，也不管他愿不愿意，自顾自撕开一小片塞进他嘴里："本来想给自己当夜宵的……喏，张口，便宜你了。"

向沉誉无奈地蹙蹙眉，瞥了眼辛栀恐吓一般的表情，还是将其咽了下去。

他说："如果是熟人作案，那么按理说，在被害人的指控下很快就能抓住凶手，可你却这么晚才回来，除非，被害人包庇了凶手。"

辛栀翻了一个白眼，轻哼一声，接过他的话："你说得对，是熟人作案。被害人是一气之下向警方报的警，而且她说了谎，抢劫她的人并没有戴面具，她从头至尾就知道是谁，两人发生争执，见谈不妥，那抢劫之人才将被害人捆绑起来，将金钱拿走。"她刻意加重了那个"拿"字。

向沉誉微微抬眉，示意她继续。

"被害人支支吾吾了很久才肯告诉我们实情，抢劫犯是她

的男友，只可惜嗜赌成性……哦，经过了这件事，已经是前男
友了。"

向沉誉捏住她的下巴，端详着她的神情，眼底浮起笑意：
"审讯人你最在行不过。"

辛栀拍开他的手反驳："才不是审讯，是诚恳而友好的一
次交流，我动之以情晓之以理，用我的真诚说服了她，现在警
察已经去追那个抢劫犯了。"

向沉誉对她这番辩白似笑非笑不置可否。

"好了，不说案子了，"辛栀正色，"医生怎么说？"

"医生说已经没什么大碍了。"向沉誉说。

"那是。"辛栀扬扬得意，"多亏了我悉心照顾，你才能
好得这么快。"

向沉誉弯了弯嘴角，他拿起辛栀的手按在他的胸口。他嗓
音有些低哑，语气里带着一丝莫名的意味，他轻笑："只要不
做什么剧烈运动就不会有事。"

原本被贯穿的伤口现在已经愈合，隔着布料，就能感觉到
这一块皮肤的凹凸不平。他的心跳很平稳，每一次跳动都无比
笃定。

感受到他胸膛滚烫的温度，辛栀有些不自然地缩回手。她
自己主动撩他摸他是一回事，他主动让自己撩让自己摸又是一
回事，她故意在他胸膛上戳了戳，玩笑道："你都养了这么久

的病了，大半时间都在床上躺着，肩不能扛手不能提的……恐怕即便想做什么剧烈运动也做不了吧？"

闻言，向沉誉眼神微微一暗，好似很不满意这番怀疑。

"阿栀。"

"嗯？"辛栀笑着看向他。本以为他会就那番调侃反驳自己，却不料，他脸上表情很淡。他凝望着她，眼睛里像是有能吸人的漩涡。他一旦收起笑容，整个人就冷漠得不可思议。

辛栀心里"咯噔"一下，直觉不好，她敛住笑："怎么了？"

"也不是什么大事。"向沉誉漫不经心地说，"厅长他前几天联系我了。"

辛栀一愣，听到这个称呼，她心底渐渐漫起凉意，下意识便觉得恐惧。

她自然知晓向沉誉口中的厅长是谁——当初从警校挑中她与向沉誉参与卧底任务的人，也是在向沉誉卧底期间唯一和他单线联系，给他下达任务的人。

她没有继续看他，垂下眼睫目光牢牢地盯着手中半截面包看，她缓缓将其塞进嘴里，只觉索然无味。但下一秒她便朝他镇定自若地微微一笑："哦？厅长找你说什么？让你回国继续参与那起案子吗？"

向沉誉没说话。

辛栀心下了然，自顾自地点了点头，深吸一口气，脸上的笑容越发灿烂："可是，向三哥——"

每当她心情不好的时候就喜欢故意这样叫他。

"你为了捕获贩毒团伙已经付出太多太多了，甚至差点死掉。"她哽了一下，继续用商量的口吻微笑着说，"'向沉誉'这个人已经死了，你如果再有动作，会露出马脚被人发现的，既然当初选择参与卧底任务就该明白，你的工作生涯很短。现在你已经功成身退，不该再管这些琐事了。"

"我知道你在担心什么。"

向沉誉眼眸眯了眯，说："现在正是国内大规模抓捕行动的紧要时期，任何可疑的细枝末节都不能放过。厅长只是让我复述一些我当年经历的事件，以及各个毒贩的身份和藏身之地，怕遗漏了些什么，在接下来的时间里，也只会通过电话的方式与我联系，仅此而已。"

他思忖了一瞬后，注视着辛栀认真地说："我答应你，我不会再涉足其中，不会再以身涉险，不会再让你为我担心。"

辛栀一怔。

静了静，向沉誉继续说："只是件无关紧要的小事，但我不想瞒你。"

辛栀垂眼笑笑："我知道。"

"我希望你是从我口中知道这件事的，而不是从别人口中辗转听到曲解了原意的版本。"向沉誉说，"如果以后你心里有任何疑惑，直接问我就行。"

"所以……"辛栀主动凑过去搂住他的脖颈，将头埋在他胸膛前，呢喃道，"这是身为向三哥女朋友的特权吗？"

她明白向沉誉没有直接说出口的话，随着向沉誉身体的日益好转，厅长的意思必然是希望向沉誉继续回国参与工作的。不管那边是怎样说的，至少目前来看，向沉誉已经做出了最大程度的让步了，他打算远距离协助那边的后续工作。

他怕她多想，所以才向她解释。

她在心底叹息一声，有些苦涩又有些泛甜，她说不清。

她的所有担心他原来都明白。

向沉誉轻轻笑了笑，应道："对，独属于你的特权。"

第三章

你是不是被他吃干抹净了

转眼便过去了两个月。

在这段时间里，向沉誉时不时便会与国内的人打上几通电话，辛栀看在眼里，却没有多说什么。

尽管心底还是有些担忧，但既然向沉誉在其中做出了妥协，她也该让步。

好在，长达四个月紧锣密鼓的搜捕工作终于进入尾声，所有涉案人员均已落网，向沉誉的所有努力没有白费。

听到这个消息后，辛栀长舒一口气，惴惴不安的心终于放了下来。

这段时间里，两人偶尔会一同帮着当地破一两个小案子，虽然没什么工资，却获得了当地百姓的交口称赞。

　　而那个缠人的红头发女人，见辛栀果真天天住在这里，便悻悻地放弃了对向沉誉的追求攻势。她性子直爽，一来二去，反倒渐渐和辛栀熟悉起来。

　　至于向沉誉和辛栀，两人天天在一块，非但没有厌烦，反而如胶似漆，感情日渐升温，日子过得平静而惬意。

　　来这边已四个月有余了，上级却迟迟没有叫辛栀返回国内继续工作的意思。辛栀虽然疑惑，却也乐得清闲，计划趁着难得的休假和向沉誉去短期旅行。

　　同时，她打算等这次的短期旅行结束后，向上级请求调任去其他城市。虽然国外的生活很新鲜，但到底不是自己的家乡。她想着，如果可以的话，以后和向沉誉去一个没有人认识他们的国内三四线小城市生活。

　　她在与向沉誉商量过后，打算先在附近的欧洲小国转一圈，首站便是法国。为此，她提前做了一大堆攻略。由于她经常做攻略做到深夜不睡觉，向沉誉知道后，索性亲自盯着她入睡。

　　很快，便到了辛栀的生日。

　　辛栀正是预订了这天中午的机票飞往法国。

　　这天，天刚蒙蒙亮，辛栀便被闹钟给吵醒了。

　　摸索着拿到手机时，却看到手机上显示了两个陌生号码的来电，也不知道是什么时候打来的，她的手机向来是静音模式，接听电话全靠缘分。

辛栀一皱眉，刚打算回拨过去，便接到了另一个熟悉号码的来电——

郑闻贤。

刚刚接起便听到里头传来欢快的声音——

"小栀生日快乐！生日快乐！"

辛栀笑着将手机拿远了些，不用猜就能知道，是宁棠，或者准确一点说，是郑闻贤的女朋友。

宁棠居然真的死缠烂打将她的老朋友郑闻贤追到手了，刚得知这一消息时，她很是惊叹。毕竟郑闻贤万年铁树不开花，实在难得。

郑闻贤终于肯放下这么久对她的执念，她是真心实意地替他开心的。

说完一大串的祝福宁棠才反应过来，问她："现在你们那边是早上八点吧？跟你讲，我特意算好了时差才打过来的，就怕打搅了你……我没打搅你吧？"

她刚打算回话，身边便伸出一只手轻轻巧巧地夺过了她的手机。

向沉誉冷淡地冲电话那头说："很打搅，现在是早上六点。"

"啊？哦……"

辛栀瞪了向沉誉一眼，抢过手机说："没有没有，你别听他的，我早就醒了。"

原本有些沮丧和尴尬的宁棠，听了辛栀的话后情绪缓和下来，她思考了一秒，兴致勃勃地八卦道："小栀，你真和他在一起了啊？他怎么在旁边？哦……"她的语气变得耐人寻味，"你是不是被他吃干抹净了？"

辛栀算是彻底清醒过来了，她瞟了眼身旁的向沉誉，他阖着眼，抿紧的嘴唇微微向上扬，好像在笑。

不知想到什么，她又恼又羞脸颊泛起微红。她轻咳一声，压低声音说："不是早就告诉你了吗？"

辛栀掀开被子往外头走，同时捂紧手机，生怕声音再被向沉誉听到。

"嗯……对了，郑闻贤人呢？还有，你身体好些了吗……"

聊了十多分钟，辛栀才依依不舍地挂断电话。

这么一番通话下来，她早已将刚才陌生的未接来电忘了个干净。

走进房里却不见了向沉誉人影，辛栀也不急，换好衣服收拾好自己的行李后，一打开门，便看到向沉誉正懒散地倚靠在墙上。

注意到门口，他视线望过来，微微勾唇。

　　她望着他撇了撇嘴，抓住他的手往房里走，叮嘱道："行李收拾好了吗？我们这次出门少则五天多则半个月，你可千万别漏带了东西。"

　　"只需要带上最重要的东西就行。"向沉誉说。

　　辛栀狐疑，回头看他两手空空："什么重要的东西？"

　　"你。"向沉誉眉眼里全是笑意。

　　"花言巧语。"辛栀故作不满地轻哼一声，"你是不是忘了对我说什么话？"

　　"说什么？"向沉誉漫不经心。

　　"一句很重要的话！"

　　"我爱你？"向沉誉说。

　　辛栀一顿，嘴角不可抑止地扬了扬："虽然不是这句……但……哎！不是这句！"

　　向沉誉似笑非笑："那是什么？"

　　辛栀佯怒："你故意的是不是？"

　　向沉誉慢条斯理拖长了语调："当然——"

　　他忽而颔首吻住她的唇，止住了话头。

　　回过神时，她的脖子上多了一串冰凉的东西。

　　辛栀伸手摸了摸，在触到光滑的颗粒状物体时，她疑惑地皱眉："这是什么？珍珠项链？"

　　向沉誉点头："这条项链是你母亲送给你的生日礼物。"

　　辛栀愣住："我妈？她怎么会知道我在这里？"

　　自她当初接到卧底任务起，所有的档案便已经被消除干净。为了父母的安全，她只敢说是局里派她去很远的地方出差，少则一年，多则三五年。由于工作的特殊性，需要保密，所以不能与家里联系。

　　因为她自小便很独立，与父母的关系并不算多亲密，而父母也常年忙于工作，并不太管她。所以，不联系对她而言并不算多困难的事。

　　直到现在，在事情彻底尘埃落定前，她仍然没有与父母联系。虽然心底是想念的，但她明白，既然要从事这行，就该舍弃一些东西。

　　向沉誉淡淡笑了笑，他嘴角的弧度迷人得不可思议："半个月前，我让一个同事去你的家乡看了你的父母，将你近期的照片给了他们看，于是，他们便让同事将这串项链带给你。这是你母亲亲手串的，她说，祝你生日快乐。"

　　辛栀彻底怔住，半晌都说不出话来。

　　"你放心，他们身体很好，只是很挂念你。"向沉誉安抚道。

　　辛栀的父母是做海产生意的，以前年纪很小的时候她时常看着母亲从珍珠蚌里取出那些成色不错的珍珠，将其串成一串卖出去。那时的她艳羡不已，可母亲却不肯给她，只说赚钱是为了供她读书的。

后来，慢慢地，她家里生意做大了，越来越有钱，母亲便不再亲自做手工。家里别说珍珠项链，就是更昂贵些的钻石项链也不是买不起。

她性子骄纵，虽然一直对童年的珍珠项链心有遗憾，却倔强地不肯再提起。

而现在，她心心念念很久的珍珠项链，承载着父母的爱和思念，因为向沉誉的缘故漂洋过海来到了她身边。

他望着她的眼，吻了吻她的鼻尖，低笑道："阿栀，生日快乐，我不会忘。"

辛栀扑进他怀里，她在向沉誉面前不再克制自己的情绪，想哭便哭想笑便笑，泪水瞬间浸湿了他的衣服。

"谢谢你，沉誉。"

等她宣泄够了，向沉誉轻笑道："怎么谢我？"

"口头上。"

"不够。"

辛栀不理他，径直说："谢谢你谢谢你谢谢你谢谢你。"

"阿栀，"他缓缓说，"我没那么好打发。"

辛栀咬住下嘴唇，眼睫颤了颤，下定决心说："那，以后你想吃什么我都给你做？再不逼你跟我一起吃快餐食品了？"

向沉誉觉得好笑，说："可是阿栀，我只想吃一样东西。"

他捏住她的下巴，微微眯起的眼眸漆黑无比，他慢慢回味道："以身相许怎么样？"

两人吵吵闹闹地吃过早餐后，向沉誉走入书房。

他们是中午的飞机，这个小城镇离机场很远，所以半小时后便得出发。

从书柜上挑了几本书，他沉思了一阵，朝书桌走去，还未打开抽屉，便见书桌上手机指示灯的灯光在微微闪烁。

向沉誉脸上的浅笑渐渐敛去，心一沉。他走过去，拿起手机回拨了过去。

"厅长。"

那头叹了口气："沉誉啊，你可算回电话了。"

向沉誉静默了一会儿，轻轻扯了扯嘴角，自嘲地笑了声："厅长，贩毒团伙不是已经抓住全部了吗？"

"不是毒贩的事。"

电话那头，厅长的嗓音熟悉如昔："沉誉，我知道你们的为难，你和辛栀都非常优秀，卧底任务也完成得非常出色，但凡有解决之法，我也不会愿意让你回来。我不愿你们任何一个折损……但这次的事情不同。"

向沉誉微微蹙眉。

"是姜逾年的事。"厅长凝重地说。

听到这个名字的那一刻，向沉誉一滞，脸色沉寂下来，他沉默了很久。

　　"什么事？"

　　挂了电话后，他缓缓将桌边的抽屉打开，视线落至抽屉里那个小小的红色丝绒盒子上。他脑海里浮现出辛栀的笑脸。

　　她的期待她的憧憬，他与她的约定。

　　这个小小的盒子原本是他打算给她的礼物，他打算在她生日之际跟她求婚，然后与她一同踏上新的旅程。

　　只可惜，注定天不遂人愿。

　　他对她的承诺原来那么不堪一击。

　　眼前的红色盒子也一点点变得黯淡无光。

　　沉默了良久，他讥嘲地笑了笑，将那个小盒子塞进口袋，重重地合上了抽屉。

　　下楼时，辛栀正缩在沙发上打电话，沙发另一头则放着两个行李箱。

　　和她打电话的是少数几个知道她联系方式的朋友。难得和熟悉的人聊天，她心情很好，笑得前俯后仰。

　　向沉誉双手插兜静静看着她，辛栀察觉到他的走近，最后聊了几句便挂断了电话。

　　她笑眼弯弯："准备好了吗？"

还没等向沉誉说话，她便恍然大悟，搁下手机倏地站起身往客房走："对了，还有几件衣服我忘了拿，你等一等，我马上就好。"

"阿栀。"向沉誉眼疾手快地拉住她的手腕。

辛栀却没注意他的表情，笑着拉开他的手："放心吧，还有时间，不会赶不到的。"

看着辛栀兴冲冲跑上楼，向沉誉一静，眉头蹙了蹙。

辛栀跑上楼后，她搁在茶几上的手机再度亮起，向沉誉随意瞥了一眼，是一个陌生的号码。

他的视线凝固住，盯着那未知地区的号码看了一会儿后，接起。

"喂。"

那头静了几秒，扑哧传来一声笑。

"你果然和阿栀在一块啊……"电话里那人停顿了两秒，像在思索，但很快，他便熟稔地喊出他的名字，"向沉誉。"

电话那头的人声音清润流畅，仿佛只要听到这个声音，就能想起他每时每刻都温柔含笑的脸。

在听到这个声音的那一刻，向沉誉的瞳孔倏地一缩，眼眸瞬间变得锐利而冰凉。

"姜逾年。"

姜逾年笑容愈深，他扶了扶眼镜，示意身旁的姜青燃将扩音关掉。

姜青燃赶忙走上前来，乖巧地将手机递到姜逾年耳边。

"没想到过了这么久了，你还记得我。"姜逾年手中动作不停，他手指修长有力，节骨分明。只轻描淡写两笔，画纸上便显现出轮廓。

"你在哪里？"向沉誉沉声问。

"还能在哪儿？国内国外到处跑呗。"姜逾年笑了笑，他斜眼瞟了眼身后围观的熙熙攘攘的人群，唇边的那抹笑便带了些鄙夷的意味，"倒是你，龟缩在一个不知名的小城镇里，不觉得憋得慌吗？向沉誉啊向沉誉……"他语气越发温和，"我真是看不起你。"

向沉誉依然很平静，不为所动道："你怎么会知道辛栀的电话？"

"知道很奇怪吗？"姜逾年话语中带了点惊讶，他换了支更细一些的画笔，蘸了水，抬眼看了看眼前的建筑物，仔细在画纸上一笔笔勾勒，"电话号码这种东西的存在，不就是为了让人拨打的吗？"

"这么说起来，我想找的可是你家阿栀，不是你。"姜逾年说。

向沉誉低低一笑，随即淡道："你可以试试看。"

姜逾年猛地捏紧手中的画笔，听出他话语中的威胁，可脸上却笑意不减："你果然还是一如既往的不通人情，真是……让我失望。"

向沉誉没说话。

"算了，本想亲口跟她说句生日快乐，现在看来，你转达也是一样的，毕竟……很快我们就会见面。"他手中动作加快，鲜艳的色彩一点点涂满整张画纸。

他动作飞快，语速也飞快："想必你已经知道了，我爸前段时间出狱了。"

"恭喜。"向沉誉语气不咸不淡。

"如果我没记错的话，当初……可是你亲手把我爸送入狱的。"姜逾年笑着说。

不等向沉誉继续说话，他便轻轻偏了偏头，姜青燃了然，果断挂了电话。

姜逾年搁下画笔的那一瞬，身后已有人走上前来估价。名气享誉国内外的姜大画师亲自前来为这所新开的美术馆作画，何其有幸。

姜逾年站起身接过身旁助理递过来的昂贵手帕擦拭着掌心，当估价人员正欲报出价格的那一刹，他抬了抬手，薄唇上扬，清俊的脸上浮现出一丝很淡的笑。

下一秒，清晰流畅的英文自他唇齿间倾泻而出——

"我分文不要。免费捐给贵美术馆。"

全场哗然。

不止美术馆的馆长和工作人员，连他身旁的姜青燃都愣了一下。

姜逾年显然没打算理睬别人的心情，将事情尽数交给身边助理处理后，便同姜青燃前后脚上了车。

姜逾年注意到姜青燃不自然的表情，笑了笑，柔声道："燃燃想说什么，直说便是。"

"哥哥辛辛苦苦作的画凭什么免费送给他们？别的人想买一幅哥哥的画都千金难求。"姜青燃皱起眉头。

姜逾年宠溺地用指腹擦去不知道什么时候沾在姜青燃脸上的一点水彩颜料。

"偶尔做点慈善什么的，总是有必要的。"

见姜逾年难得对她举止亲昵，姜青燃僵了僵，耳垂红了红，她羞涩地点头笑笑，脑海里瞬间一片空白，也忘了自己原本想说什么，她喃喃："哥哥自然有哥哥的道理。"

"燃燃真听话。"姜逾年笑了。

他望着姜青燃清纯可人的模样，不知道想到什么，忽而俯首在她嘴角亲了一下，果然见她整张脸唰地变得通红。

"哥哥……"她说话支吾起来。

姜逾年的笑容越发加深，他若有所思地沉吟道："人情嘛，欠了，日后自然是要还的。"

　　向沉誉，是欠了他姜逾年人情的。

　　六年前，他和向沉誉尚还是关系很好的兄弟，两人从小一起长大。只不过长大后，向沉誉对当警察有兴趣，而他一心想学画画，甚至想远赴国外去知名学府求学。他父亲向来尊重他的意愿，可他母亲却希望他继承家里的公司，不希望他学这些乱七八糟的东西，他身旁只有向沉誉鼓励他遵从自己的内心。在他拿向沉誉当最好的兄弟，对他知无不言时，意外发生了。

　　在一次酒局中，一个女人死了，而他父亲是最大嫌疑人。他父亲与那女人并不认识，而且也毫无利益瓜葛。

　　他自然不信他慈爱的父亲会做出这种事情，可想尽办法都找不到他人意图陷害他父亲的证据。甚至连参与此案的向沉誉也不肯帮他，坚持说的确是他父亲失手杀了人。向沉誉还向他承诺，过失杀人不会判太久。

　　不会判太久？这是在开玩笑吗？

　　像他父亲这样的生意人，一旦入狱，会在整个商界抬不起头，再也没有重新爬起来的机会了。

　　可经一番调查后，他父亲却认了罪，承认那个女人是他失手所杀。

　　此事发生后，他父亲一手创办的公司自此显出颓势，一蹶不振，一直由他母亲苦苦支撑才勉强运作至今日。

那起杀人案，人证物证俱在。正是由当时尚在警校就读的向沉誉协助警方调查，亲手抓捕了他父亲。

一点旧情也不念。

现在，是他偿还的时候了。

姜逾年嘴角似有若无地翘了翘，淡声朝司机吩咐："买两张回国的机票，今晚回曙光市。"

"是。"

姜青燃很疑惑，忍不住问："可是哥哥，那之前定好的行程怎么办？陈叔叔的酒宴还等着你去撑场子呢，咱们这次来这边主要就是去陈叔叔那里的，总不能爽约吧？"

姜逾年扶了扶金丝眼镜，将琥珀色瞳孔里泄露的情绪掩藏好，姿态优雅而矜贵。他轻笑道："估计向沉誉、辛栀最迟不过明天就会返回曙光市。"

他停顿了一秒，望向姜青燃的笑容越发温柔："我总该，亲自去迎接迎接他，以尽地主之谊。"

毕竟……那是他与向沉誉从小一起长大的城市。

是向沉誉、辛栀大学就读的城市。

也是他父亲被抓入狱的城市。

海边小镇某个客厅里，向沉誉望着辛栀兴致勃勃自楼上走下来，他神情有些沉寂。

静了一瞬后，他终究还是喟叹一声，缓缓念出她的名字：

"阿栀，恐怕……我们不能去法国了。"

第四章

不论何时，辛栀都是他向沉誉唯一
的软肋

客厅里很安静，谁也没有说话。

半小时前的温馨气氛早已荡然无存。

听完向沉誉说的话后，辛栀脸上的笑容消失不见。她神情漠然，沉默了很久后，平静地站起身，将之前漏带的几件衣服装入行李箱中。

她丝毫没有表露出生气和不满，而是一边拉上行李箱的拉链，一边若无其事地用正常商量的口吻问："那照你所说，姜延出狱了，这对姜逾年来说，是好事才对，他怎么会突然找你？"

"姜延一出狱便失踪了。"向沉誉说。

辛栀抬眼看着他，皱起眉："姜延失踪了？怎么会？是自己跑掉了还是被人绑架了？所以……姜逾年是想让你帮他找到他父亲吗？"她随即舒展了眉头，轻声笑了笑，语气不知是赞叹还是讥嘲。

"倒是孝顺。"她总结。

"不，姜延失踪前给姜逾年留下了一封信，信中说当年的杀人案并非他所为，他是替人顶罪，并且，那是一起彻头彻尾的有预谋的谋杀案。"他的嗓音一如既往的平淡，听不出是否真的相信这番说辞。

"姜逾年辗转找到我，来替他父亲昭雪。"向沉誉说。

"昭雪？"

辛栀神情有些怔忪。她重新将行李箱提起来，端端正正地和门口向沉誉的那个黑色行李箱摆在一起，无比和谐，却又无比讽刺。

"开什么玩笑？"她冷笑。

"他为什么找你？"她低声自语了一句，但她下一秒便想通，"当年是你亲手把姜延送入狱中的……难怪，他会找你。"

她笑了笑，理解地说："如果当年那桩杀人案真是错判的，那你便有着不可推卸的责任，拨乱反正，还姜延一个清白的确是你该做的。"

向沉誉"嗯"一声，眯眼认真思索的模样很是迷人："如果姜延真是是替人顶罪，那我的确应该负起责来。"

　　辛栀打断他，脸色僵得厉害，径直看着他问："所以，你必须回去，是吗？"

　　向沉誉望着她，并没有犹豫："是。"他嗓音很低沉，脸上一丝表情也没有。

　　"抱歉。"

　　听了这声毫无意义的抱歉，辛栀倏地笑了。她摇了摇头："不，你不该对我说抱歉，向三哥。"

　　"你真正该道歉的人是你自己，向三哥。"她反复念出这个名字，"向三哥，你该向自己说一声抱歉，你没有对不起我，你对不起的人，是你自己。你让自己一次又一次陷入险境，也一次又一次让身边的人担心……你知道吗？你好不容易才过上了正常人的生活，好不容易……"

　　向沉誉沉默了很久，才低声开口："阿栀，你该懂我，我们做警察这行的，一旦接到任务就不可能退缩。"他停了一秒，"我知道你在担心什么，但这次的事不同，我答应你，我不会让自己身陷险境。"

　　他轻轻弯了弯唇，平淡的语气中夹带着难以言喻的温情："阿栀，如果换作是你，你也会毫不犹豫地选择回去。"

　　辛栀反复平复呼吸，于公，她能理解向沉誉为什么会选择回去，可于私……

　　她语速飞快，冷静得可怕："好，即便这桩案子没什么危险。可是，你有没有想过，万一你回了国被知情的人和见过你知道你长什么样的人发现你没死怎么办？虽然之前的案子已经结束，可你身上依然背负着毒贩的名头，如果你暴露了，黑白两道都会找你，不仅黑道会发觉出端倪来，猜出你的真实身份，警察这边也会迫于压力抓捕你。"

　　向沉誉神情有些冷，眉宇间划过一丝烦躁："我清楚，我当初参与卧底任务起，能藏匿这么多年不被警方察觉，自然有我的方法。"

　　辛栀不甘心，冷静地说："你有没有想过，姜逾年引你回国可能是……"

　　"一场骗局。"向沉誉接过话头，转眼沉沉地望着辛栀。

　　辛栀心底一涩，没说话了。

　　"的确有这个可能，"向沉誉缓缓说，"并且，我接到了他打给你的电话。"

　　辛栀一愣。

　　"即便我拒绝了厅长的要求，他也会找到你，然后辗转找到我。"他漆黑的眼微微眯起，嘴角微微弯起，似笑非笑，他目光放远，不知道在看哪里。

　　"他很了解我。"

　　了解他了解到，不论过了多久，不论何时，辛栀都是他向沉誉唯一的软肋。

　　只要找到了辛栀，便找到了他。

　　而他倘若拒绝，以姜逾年疯狂的个性，势必会发作到辛栀身上。而他无论如何也不愿辛栀和姜逾年扯上关系，和当年的纠葛扯上关系。

　　辛栀心头一震。

　　"姜逾年不是不恨我，如果不是因为他父亲被捕入狱，他家也不会一朝跌入谷底，受尽别人的冷眼。但我是个警察，姜延既然杀了人，本就该伏法，不论他的儿子是不是我的好兄弟。"

　　他轻嗤一声，淡淡说："其实当年，我本不想亲手逮捕姜延的，说到底，姜逾年是我的兄弟，我不想亲手抓他父亲。"

　　辛栀微愣。

　　他眼眸森冷，语气却是轻描淡写，甚至脸上还带着很浅的笑意："可姜逾年却说，姜延请求留下一点时间向家人告别，并约我亲自去他家将姜延带走。我不疑有他，特意嘱咐不要任何人跟着我，可去了才知道……姜逾年打算拼死一搏将姜延送出国避难。"

　　他的嗓音毫无起伏，冷冰得像是在诉说别人的事："只可惜，那个时候姜延已经认罪，他并没有按姜逾年的安排选择出国，而是返了回来，随我去公安局自首，这才顺利了结了此事。"

闻言，辛栀猛地抬眸望着他，背脊止不住发寒。

简简单单几句话，瞬间将她拉入了回忆之中。

在警校期间，她与向沉誉成绩优秀，时不时会协助当地警方破一些小案子。当时向沉誉参与姜延一案，她并没有参与，而是在处理另一桩强奸案。

她只知，处理完这桩案子后，向沉誉身上挂了彩，还沉寂了很长一段时间。原以为向沉誉是出于对姜逾年的愧疚，现在想来，大概是因为他最好的兄弟背叛了他，甚至是，想要他死。

她不敢细想那时在姜逾年家中究竟发生了什么，好在……好在姜延没有真的逃脱，不然向沉誉恐怕会因为这种重大过失，遭受牵连。

而姜延心甘情愿认了罪，想必姜逾年会更加迁怒向沉誉。

"可即便如此，现在他既然说姜延是无辜的，那便与我脱不了干系，我势必要去查清楚。"

向沉誉低笑一声，淡淡道："你说……他迫不及待来找我，他现在会是什么心理？"

辛栀闭了闭眼，清晰地吐出两个字——

"报复。"

不论这件事是真是假，姜逾年势必都是为了报复他。

向沉誉默认了。

"正是因为这样，我才更应该回去。"他说。

"我答应你，阿栀，"向沉誉眉头微微蹙起，目光紧紧锁着她，"一旦解决了这桩案子，便再也不插手任何事。你想去哪里，我们便去哪里。"

辛栀没答话。她起身，没有再看向沉誉，在他的注视下一言不发地上了楼。

再度下楼时，她手里多了一沓资料。

她平静地睐了向沉誉一眼："既然要回国，正好，我也该将这段时间协助当地警方处理的几桩事跟上级汇报汇报了。"

"本想着上级迟迟没有叫我回去，还能借机多赖几天。"她轻舒一口气，耸了耸肩，"算了，都休假这么久了，是该回去了。"

向沉誉一怔，有些不敢置信。

但很快，他冷淡的脸色柔和下来。

他握住辛栀的手："阿栀。"

他眼神很是温柔，另一只手伸入口袋里，紧紧将里面的盒子捏住："今天是你的生日，我还有礼物没有给你。"

辛栀笑了笑，轻轻巧巧地挣脱了他的手。她看也不看他，神情漠然，语气是来到这个海边小镇以来，从未有过的疏离。

"不必。"

她绕过他，将那沓资料放入行李箱中。她心平气和地补充：

"你别多想，我没有支持你的意思。"

"我只是，"她顿了一下，"顺道回去而已。"

向沉誉一滞，眼神暗了暗，漾起冷意。他站在原地抿紧唇，没再说话。

只是，那只手，很久很久都没有从口袋里拿出来。

急匆匆地联系了李先生，告知了他，他们即将返回国内的消息。李先生很是不舍，亲自开车将他们送到了最近的机场，途中还一直好奇地问，怎么这么突然要回国。

向沉誉冷着脸并没有回他话的意思，反倒是辛栀好言好语地解释了一番。

李先生似懂非懂，并未多问什么。

返程的路途还需要转机，总共飞了十多个小时。这段时间里，辛栀收起了笑容，一直装睡，一言不发。向沉誉只在起飞前打了几个电话后，便也沉默不语。

气氛微妙地僵持着。

这是向沉誉与辛栀重逢以来，真正意义上一起过的第一个生日，本该是属于他们的独处时光，本该有更好的安排。

她此刻丝毫没有喜悦，只觉深深的疲惫。

　　到达曙光市时，恰是第二日的上午。

　　两人一下飞机，便见到了在外等待的姜逾年，也不知他等了多久。

　　此时国内恰是寒冬，温度比那个海边小镇要冷上几分。可他一身铁灰色大衣坐在一辆黑色的轿车里，风度翩翩的姿态，好似一点也不畏寒冷。

　　车外站了好几个黑色西装面无表情的保镖，委实扎眼得很。

　　辛栀虽然和他并不熟悉，却也在六年前因为向沉誉的缘故，和他见过几面，吃过几顿饭。

　　向沉誉老远便注意到了姜逾年，他并没有立即和他交流，而是自然地将自己的外套脱下披到辛栀的肩头。

　　辛栀皱眉："你的伤才刚刚好……"

　　向沉誉淡淡道："我是个男人。"

　　辛栀一停，她深知他性子，便也不再推脱。

　　见到走近的两人，姜逾年笑容加深，他打开车门走出来大大方方地给了向沉誉一个拥抱。

　　他的样子看起来一如既往的真诚，辛栀几乎要以为他真的对当年的事件毫无怨言了。根据他此刻的神态，也丝毫无法联想到向沉誉回忆中那个他——

　　为了父亲，可以疯狂到不顾一切。

"好久不见。"姜逾年率先打招呼。

向沉誉嘴角弯了弯，也用力回抱住他："好久不见。"

松开怀抱，姜逾年视线落至辛栀身上，他绅士地颔首，熟稔地喊出她的名字："阿栀，你好。"

向沉誉在听到这个称呼的时候，目光微微一沉。

辛栀一副公事公办的样子，客套地笑了笑："姜先生直接叫我的名字就好。"

姜逾年的神情霎时间变得有些微妙。他嘴角微微掀起，忽然俯首凑近了辛栀几分，像是与她耳语："辛小姐几个月前的行动，姜某略有耳闻……委实佩服得紧……"

辛栀心底悚然一惊。

先前向沉誉告诉她，姜逾年知道她的电话号码，还给她打了电话，她便已经觉得不可思议了，现在听他说知晓她的行动，她更觉得可怕。

除此之外，他还知道什么？

话还未说完，辛栀便感觉有一股力道将她拉退了几分。

侧头便看见向沉誉轮廓分明的脸，他神色难辨，眼眸黑沉沉的，出口的话很是冷淡，此时的模样与在海边小镇独处时，已经全然不同了。

他又变成了那个他，冷漠、深不可测。

让她难以捉摸。

"姜先生有话直说便是。"

姜逾年怔了一瞬，重新站直了身体，模样坦荡丝毫不见尴尬。他伸拳微微用力捶在向沉誉胸膛上，笑道："我倒是忘了，你们又重新在一起了。"

他的拳头不偏不倚正中向沉誉刚刚好的伤口上，向沉誉神情不变，并没有任何反应。

姜逾年也不在意，望着辛栀别有深意地调侃道："辛小姐你可真是善良，换作我，估计不会再搭理一个抛下自己多年，对自己不闻不问的男人。"他话锋一转，"哦，倒是忘了对辛小姐说一声生日快乐，只希望辛小姐不要责怪姜某没有及时送上祝福。"

他招招手，身后便有保镖递上来一个精致的长礼盒。他笑道："小小礼物，不成敬意。"

辛栀随之笑笑，也不假意客套，接过礼盒："多谢。"

向沉誉看着辛栀欣然接受了姜逾年的礼物，脸色冷了几分。他不咸不淡地开口："姜先生父亲失踪了，倒是丝毫不见姜先生着急。"

姜逾年目光微微一闪，笑道："不用着急。"他含笑瞟了周围的保镖一眼，他们识趣地退远了几步。

姜逾年抬了抬金丝眼镜，含笑说道："我自然知道父亲在哪里。"

辛栀一顿，心里豁然开朗。她不动声色地与向沉誉交换了一个眼神，不再说话。

姜逾年并未打算和两人同乘一车，在问过他们是先去吃饭，还是先回公安局汇报后，便另外安排了一辆车给他们乘坐。

他这番行为有些体贴，可落在辛栀眼里，却有些不自在。

她是不愿向沉誉回国的，可他姿态坚决，她更不愿意他独自一人回国。他们好不容易才重逢，好不容易才重新在一起，她不想向沉誉再遭遇不测。

她担心他，但更多的，是无可奈何。

她小心翼翼地将那礼盒拆开，却见里头不过是一条某牌子的围巾，并不是什么太过于贵重的礼物。她先是意外，而后笑了笑。

抛开姜逾年与向沉誉之间的恩恩怨怨，她不得不承认姜逾年是个知情识趣的人。知道礼物贵重了她会不安，太随便了又不符合他一贯的风格。

而现在天气寒冷，他们刚从温暖的地方而来，一条同样温暖的围巾再合适不过。

她当着向沉誉的面将那条围巾裹住脖子，满足地长长舒了一口气，只觉这十多个小时的疲惫被驱散了不少。

不料，身旁的向沉誉突然语气沉沉地开口："你喜欢？"

辛栀点头，怀着一点故意的心理说："为什么不喜欢？天气这么冷，而他这么贴心。况且，颜色图案也合我心意。"

向沉誉神情一僵，没说话了。

辛栀轻哼一声，自然也懒得搭理他。

车子将他们送到了曙光市公安局门口，一下车，向沉誉却并未立即往公安局里走，而且抬步往马路另一头的百货商场走。

辛栀有些意外，却赌气不想去问他原因，便一个人站在曙光市公安局门口等。

一来一回很快，他回来时手里多了一个精致的袋子，不等辛栀开口，他便径直将那个袋子递到辛栀手里。

见辛栀诧异，他这才边解开她脖子上的围巾，边冷淡地说："不巧，我也很爱吃醋。"

辛栀一愣，还没反应过来，便见他将自己脖子上的围巾利落地扔进了一旁的垃圾桶里。

等向沉誉进了办公室和局长详谈，辛栀这才得空低头瞧了一眼。

分明是一条一模一样的围巾。

她越发惊诧，却忍不住抿唇一笑。

曙光市公安局的局长早已从厅长那里接到消息，一见到向沉誉便急匆匆向他讲述此次案件的详情。

　　向沉誉此番回国自然无法用真实的身份，依然用的化名"喻琛"。连局长也不知晓他的真实名字是什么。作为"喻琛"的他，现在是刚刚从省公安厅下派到曙光市的刑警，局里给他成立了专案组，专门负责这起旧案。

　　辛栀在百无聊赖地等向沉誉出来的时候，喊了个小警察过来，让他帮忙将她手头上的资料寄去春望市。同时，她给春望市公安局局长打了个电话。局长也已早早知晓了向沉誉跟她返回国内的消息，还说原本早就想要她回来，却一直忙于别的案件，没有空闲时间处理她的事情。

　　既然她身在曙光市公安局，便暂时将她的档案迁过去，让她留在曙光市公安局协助解决那起冤假错案。

　　辛栀心头暗喜，只觉得局长此刻分外懂她，便一口答应了下来。

　　等向沉誉从办公室出来，已是傍晚。

　　辛栀早已饿得前胸贴后背，两人一走出公安局，便见姜逾年安排的人在外头等候。

　　替他们开车的司机是一个看起来和辛栀年纪相仿的女人，模样清纯，身材柔弱纤细，看起来有些害羞。

　　她一见到向沉誉和辛栀，便扬起笑脸："这里。"

　　向沉誉并没注意她，只视如无物般瞥了一眼便收回目光。辛栀却有些好奇，正好懒得和向沉誉说话，上了车后便找她搭话："姜逾年怎么会让你来接我们？"

她抿唇笑了笑，透过后视镜小心翼翼地打量了一番向沉誉冷峻精致的脸。他长相看起来不似姜逾年柔和，姜逾年一身书卷气，一看便有亲和力，而他眉眼却冷漠到了极致。

也不知道他这样的人，笑起来会是什么样子。

她心中一定，乖顺地答道："我是姜家的养女，姜逾年的妹妹，名字叫姜青燃。"她甜甜含笑侧头望了辛栀一眼，"辛小姐要是不介意的话，和哥哥一样喊我燃燃就好。"

辛栀微不可察地蹙了下眉，姜青燃和他们这才第一次见面，便毫无顾忌地说出自己的养女身份，未免有些古怪。但她并没有表露出来，而是露齿一笑："青燃。"

这一路，辛栀都在和姜青燃有一搭没一搭地聊天。姜青燃学识渊博，性格也好，委实是个妙人，辛栀越发对她产生好奇，当然，除了好奇外，更多的是提防。

很快，他们便到了姜逾年安排的酒店。

接到姜青燃的电话，姜逾年很快走了出来迎接他们。这家酒店是曙光市最昂贵的酒店，无数名流都曾入住过。

这些见过无数大场面的酒店领班和服务员们无一不对姜逾年恭恭敬敬。辛栀早已知晓他的身份，姜逾年是享誉国内外的画家，一幅简单的随笔画都能卖出好几百万。

即便不靠家里的支持，他一个人也可以过得很好。可他依然执着于过去的事，不肯放手。

辛栀心头一凛，不由得对他暗暗警惕。

姜逾年订了一个很大的包厢，偌大的包厢只坐了他们四个人，看起来空荡荡的。

姜逾年却不以为意，还驱散了候在一旁的服务人员。

饭菜还未上桌，向沉誉不急不缓地开口："你知道姜叔叔在哪儿，不会就是你把他藏起来的吧？姜先生？"

姜逾年倏地一笑，亲自给向沉誉和辛栀倒上酒，也不否认，言笑晏晏道："虽然失踪是假，可顶罪是真，希望向先生帮忙替我爸昭雪也是真。事情的详情，我爸他并不肯跟我细说。我这也是没有办法才暂时将他藏起来，免得他遭到灭口。"

"灭口？"辛栀低喃。

姜逾年颔首，神情正经了几分："是连我爸都畏惧的势力，我势必要谨慎些。"

"未雨绸缪，"向沉誉不咸不淡，"姜先生好筹谋。"

"哪里哪里，"姜逾年一顿，笑容加深，将酒杯推至向沉誉和辛栀身前，"都是当年跟向先生学的……哦，不对。"他恍然，刻意压低了声音，"现在应该叫你喻琛警官才对。"他率先举起酒杯，"敬喻琛警官。"

向沉誉丝毫不意外姜逾年消息如此灵通，他按住辛栀的手，也执起酒杯，将自己的酒一饮而尽，这才不紧不慢地端起辛栀身前的酒。

辛栀微恼："我能喝酒，你不必替我挡。"

向沉誉望着她漫不经心笑了笑，黑眸深沉："可是有我在。"

辛栀一愣，不想和他搭话，却又抑制不住心头的甜，张了张口又闭上，索性不说话了。

姜逾年懒得见他们旁若无人地秀恩爱，兀自仰头喝光了杯中的酒。

又陆陆续续聊了几句，饭菜上桌。姜逾年便笑吟吟地闭口不言，只说先吃饭，吃过饭便带他们去见姜延。

可不想，这顿饭才吃到一半，姜逾年的手机便响了起来。

在看清来电的人后，他笑容微敛，却也没打算回避，而是直接接通了电话。

才刚刚听电话那头的人说了两句，姜逾年的脸色便霎时变得铁青，眼底渐渐浮起很深的戾气。

通完电话，他暗骂了一句脏话，将手机狠狠砸在了地上。

手机与地板撞击后发出沉重的声响，偌大的包厢里再没有人说话，静得可怕。

向沉誉看也不看他，眉眼平和，依然自顾自地喝酒，并没有任何反应。

辛栀心头虽然震动，面上却也没什么反应，将最后一口菜吞下后，搁了筷子。

倒是姜青燃站起身来，望着脸色惨白的姜逾年，担忧地轻声唤："哥哥……怎么了？"

姜逾年静了静，好不容易才平复了情绪，可脸色却依然难看。他转身冷冷地望着向沉誉，向沉誉似有所觉，抬眼与他四目相对。

"恐怕今日不能好好招待你们了。"姜逾年说。

他露出来的笑容让人不寒而栗，从牙缝里勉强挤出几个字来："我爸死了。"

第五章

第一次跟人搭讪的你，真糗

　　黑色的轿车沉默而飞速地行驶在一条静僻的小路上，车上的人都没有说话。

　　姜逾年亲自开车，脸上罕见地失了笑容，冷得厉害。副驾驶座上的姜青燃也一直低垂着头保持安静。

　　向沉誉静默地捏紧辛栀的手指，不容她逃脱。他视线落至窗外，脸色同样淡漠得很。

　　辛栀只觉头痛，姜延本在姜逾年的安排下藏得好好的，怎么会突然被害？

　　这究竟是姜逾年给向沉誉设的一个陷阱，还是说，当年让姜延顶罪的人，知道事情败露了，特地杀了姜延灭口呢？

　　如果是前者，那姜逾年的目的是什么？引诱向沉誉孤身涉险，陷他于不义？

他何须如此麻烦？

可如果是后者，这么千辛万苦来取姜延的命，只能证明，当年那起杀人案委实深不可测，没有那么简单。

不论是前，还是后，都不是她想看到的。

可向沉誉什么都没有细问，便直接随着姜逾年赶往安置姜延的地方，于是她便也只能选择信任姜逾年，她默默反握紧向沉誉的手。

向沉誉微微一怔，从沉思中回过神。他望向辛栀担忧的脸，冲她微微一笑，手指用力。

别担心。

很快，车子停了下来。

落入眼帘的是一栋别墅，周遭好几个警察打着手电筒在紧张地巡视，别墅里光线很亮，戴着手套的警察进进出出。

在姜逾年说出他父亲被害的那一刻，向沉誉便拨打电话通知了警方过来勘查。姜逾年也没阻止，毕竟他也迫不及待地想要知道，究竟是怎么一回事。

见向沉誉一行人走了进来，法医起身朝向沉誉无奈地摇摇头："人已经死了好几个小时了，是他杀，一枪毙命。"

　　辛栀循着法医的视线落至床上那具尸体上，雪白的床被鲜血染得通红，姜延静大了眼睛，死不瞑目。

　　她不忍再看。

　　法医见现场人越来越多，便用床单盖住了尸身。

　　下一秒，只听见"扑通"一声，姜逾年脸色灰白，眼眶通红，再也控制不住自己，脱力怔怔地跪倒在地上。姜青燃也已泪流满面，她蹲在姜逾年身旁，一边抽泣一边扶住他。

　　向沉誉没有理会他们，戴上白手套，细细打量周围整个环境，时不时捏起房间里某个物件认真查看。

　　辛栀叹口气，走上前去，安抚地拍了拍姜青燃的后背。

　　可姜青燃却没有理会她，而是突然转身跪倒在向沉誉跟前，她抓住他的裤腿，泪眼蒙眬，声音带着颤音，哀求一般望着向沉誉。

　　想必任谁都会被她此刻的神情打动。

　　"警官先生……警官先生，求求你，求求你一定要帮帮哥哥，找出杀害爸爸的凶手，哥哥是无辜的，爸爸也是无辜的……"

　　向沉誉厌恶地蹙了下眉，避开她的接触，淡淡道："我身为警察……"他顿了一下，好似有些不适应重新说出这个身份，"自然会查清真相。"

　　语毕，他毫不留情地转身走出了卧房。

　　辛栀面无表情地看了依然在哭泣的姜青燃一眼，也随着他走了出去。

"房间里门窗紧闭，只可能是熟悉的人动的手。"见辛栀走出来，向沉誉缓缓开口。

"嗯。"辛栀点头，也随着他站在客厅的落地窗前。

她望着进进出出的警察，说："姜延恰好就是我们回国的当天遇害，好像就是为了不想你和姜延有任何接触一样……这么一想，姜逾年好像一点也不着急让你跟姜延见面。"

向沉誉接过另一个小警察递给他的一小袋物证，若有所思地应了一句："嗯，是很奇怪。"

"那个叫姜青燃的态度也很古怪。"辛栀说。

闻言，向沉誉脸上溢起一丝很浅的笑，他不知想到什么，抬眸看着她意味深长地说："的确古怪。"

辛栀丝毫没察觉向沉誉的别有意味，她顿了一下。

"有没有可能……"她若有所思地压低嗓音，"是一场自导自演？"

话音刚落，姜逾年和姜青燃便走了出来。

辛栀止住话头，若无其事地望向窗外。

姜逾年好似终于缓过神来了，他脸上有太多复杂的情绪，有懊恼有恨意还有悲伤，最终落于真诚的恳切。

"拜托了……沉誉。"他红着眼一字一顿，"查出真正的凶手，还我爸的清白。"

辛栀侧身望向姜逾年。她情绪微微震动，难以揣测眼前的姜逾年此刻的悲怆究竟是真，还是假。

向沉誉脸上神色喜怒难辨，很是平静。他永远是这样，叫人难以捉摸。他视线自两人身上掠过，颔首应允："你放心，我们不会让任何一个凶手逃脱法律的制裁。"

他淡淡重复："任何一个。"

从姜逾年的别墅里出来，已是凌晨。

局里临时给两人安置了一处公寓，由一个警察开车将他们送了过去。

经过一整天的奔波，再加上时差还没倒过来，辛栀有些累，除开案子以外，也并没有和向沉誉聊天的意思，洗漱过后便睡下了。

醒来时，天色早已大亮。

辛栀刚一走出房门，便见向沉誉坐在客厅的沙发上，似早就起床了。他正边打电话边查看昨晚取得的物证，其中就有姜逾年口中姜延"失踪"前留下的那封信。

姜延并非真的失踪，只是有意要避难，于是早早写下了这封信。只是不料，刚刚留下信件，便被姜逾年发觉。

信里只有寥寥几句话，除了否认自己杀了人，是替人顶罪外，并没有细说任何实质性的内容。没有说是替谁顶罪，也没有说为什么会同意替人顶罪。更没有说，为什么时至今日才想揭露这一切。

并且，姜逾年说，姜延所藏匿的地方他从没有跟任何人透露过。

辛栀朝他走过去，用公事公办的口吻问"有什么发现吗？"

向沉誉合上所有的资料，抬眼冲辛栀露出一个极浅的笑。他着白色的衬衣，漆黑深沉的眼带着漫不经心的蛊惑："今天我们不查案。"

"嗯？那做什么？"

"我另有安排。"

辛栀狐疑："什么安排？能比尽快破案还重要？"

警校的校园里和往常一样，没什么太多变化。有些陈旧的教学楼说了好几年要翻新，依然没有翻新，坚挺得很。

周遭来来往往的学子们模样青涩，对未来充满憧憬的样子。

走在香樟小路上，辛栀呵一口白气，侧头看一眼身旁与她十指紧扣的人。她有一瞬的晃神，仿佛她现在依然是那个在警校就读的女学生，性子骄纵，很多时候都需要向沉誉哄着她，无条件包容她。

她与向沉誉之间，什么危险和苦难都没有发生。

他们是完整的，没有矛盾的。

可惜，时过境迁。

她性子被打磨得柔和了许多，而向沉誉身怀无数秘密。那些关于他过去涉及黑暗的种种，她不再去追问，而向沉誉也不说，就这样心照不宣地保持缄默。

警校里时常会有上级领导便衣来巡视，再加上此次他们来警校，早已和老校长打过招呼，所以，并没有人注意他们。

向沉誉知道辛栀还没有气消，也不着急，牵着她慢悠悠地在校园里转。

校园内湖边的动静吸引了辛栀的注意。

是一对新人在拍婚纱照。

男生一身笔挺的警服正装，女生则是一袭洁白的婚纱，男生帅气女生羞涩，他们身旁则簇拥着好几个身穿寻常警服的好友，每个人都对着镜头露出最灿烂的笑脸。

好不容易拍了几张照片，趁着那帮好友去摄影师那儿看照片的空当，男生赶紧贴心地为自己的小妻子披上暖和的羽绒衣，生怕她冻着。而女生脸颊绯红，拉着他的手小声地跟他说着什么悄悄话，寻常又甜蜜。

看着看着，辛栀便有些入神，直到向沉誉低笑了一声，她才反应过来。

向沉誉瞥她一眼，眼底溢起很浅的笑意："羡慕？"

辛栀轻哼一声，别开眼："有什么好羡慕的？人人都要经历的，只不过是时间先后的问题罢了。"

向沉誉颔首，淡道："嗯，如果你想尽快经历，也不是不可以。"

辛栀有些恼，试图挣开他的手："我什么时候说想尽快经历了？你不要随便揣测我！"

可不论她怎么用力都无法挣开他的手，他们十指紧扣，一丝缝隙也没有。好像本就该是如此，他们本就该紧紧相连。

"好，不揣测。"向沉誉低笑一声，坦然承认，"是我想尽快经历。"

辛栀微怔，周遭的温度好像在一寸寸升高。她眨眨眼掩饰掉情绪，故意不看他："我才不着急，身后可是有大把大把的人追我呢，我可得好好挑选，千万不能看走了眼。"

"对。"向沉誉不紧不慢地说，他漆黑如墨的眼一眨不眨地凝在她白净好看的脸上，表情似乎在笑，"所以，我得加把劲了。"

辛栀一愣，"喊"一声，别扭地把脸别向一边，嘴角却不可抑止地扬了扬。

当第三回经过校园内湖时，辛栀这才终于忍不住再度开口："你突然带我来这里做什么？明明手头上还有一堆的事情没有做完……"

"阿栀。"

向沉誉停在一棵枝叶茂盛的香樟树下，他眯了眯眼，缓声问："你知道今天是什么日子吗？"

辛栀皱眉，将脑海里的所有节日以及他们谈恋爱相关的日子都过了一遍，一个一个问："我生日过后的第二天？还是说……我们在一起整整三个月？不对呀，明明还差几天的……"

想了半天，她依然没想到，她怀疑向沉誉是在胡说八道。

"什么日子？"她反问。

向沉誉将她的手握得很紧。昨夜下了一场薄雪，地面上的雪早已融化，可枝丫上还是偶有几团尚未融化的雪籽。

雪籽轻轻软软地落到了辛栀的头发上，向沉誉便亲昵地将其拂去。他忽而一笑，嗓音很轻很淡很温柔："是多年前，我第一次见到你的日子。"

辛栀惊讶，视线随着他落至不远处礼堂的门口。

她有一瞬的晃神，而后扑哧笑出声来，这声笑瞬间冲淡了她故意板着的脸色。

"我记得，那时候是你向我主动搭讪的。"辛栀笑容有些恶劣。

"我是第一次跟人搭讪。"向沉誉承认。

"嗯，"辛栀点头，"看出来了。"

她侧头瞥一眼向沉誉，嘴角边是掩饰不住的得意："向沉誉，你真糗。"

　　向沉誉笑了笑，好似也想起那时的光景。

　　那是最寻常不过的一天。

　　辛栀以前几名的成绩被学校录取，再加上相貌出众，她一入学便人气很高，周围不少人端茶送水献殷勤，年底的小晚会她更是被推举为主持人。辛栀从未有过这方面的经验，虽然并不是很想参加这样的活动，却还是认认真真每天傍晚都来礼堂排练。

　　一个很寻常的排练日，向沉誉被室友拉来看美女。尽管对美女什么的没兴趣，但想着走一走消消食也好，他便来了。

　　纵使舞台上不少俊男美女，辛栀依然是最引人注目的一个，她的一举一动一颦一笑都让周遭黯然失色。

　　只一眼，他就看到了她。

　　只一眼，他就明白，他此生再也看不到任何人了。

　　只这一眼，她就深深留在了他心底，成了再也无法抹去的存在。

　　"以前我从不相信一见钟情。"向沉誉说。

　　听了这话，辛栀有些得意。

　　她心情舒畅起来，遂眉眼弯弯问他："是不是从见到我的那刻起，你就相信了？"

"还是不信。"向沉誉说。

辛栀一瞪眼，表情有些不对了："喂！"

向沉誉倏地轻笑一声，嗓音一如既往的低沉好听，带着漫不经心的从容自信。

"从来都是别人一见钟情我，我一直很奇怪究竟是不是真的有一见钟情这种东西的存在，毕竟它过于肤浅。"

"然后？"

"真的没有。"

辛栀咬牙："喂？向沉誉？你耍我是不是？"

他脸上的表情很淡，语气也很平静，谁也无法察觉到他眼底深沉的暗涌，带着某种无法言说的笃定。

"我相信命中注定。"向沉誉望着他心爱的女孩，"命中注定你是属于我的。"

命中注定，你是我逃不过的浩劫。

现在想来，真的很庆幸。

好似一切都是冥冥之中注定好的。他会在漫长人生的某一天，不经意间遇到她。

他会搭讪她，他会追求她，他会爱上他。

而不知道为什么，他笃定她同样也会爱上他。

一年，两年，三年……一辈子，永不停歇的爱。

辛栀撇嘴："自恋……"

向沉誉似笑非笑地扬唇，松开她的手，将她微微松开的围巾重新系紧了一下——

是昨天他新买的那条。

他盯着她嫣红的唇，眸光微暗，语焉不详："真没想到我会栽在你手里。"

辛栀恃宠而骄："你可以反悔呀。"

向沉誉慢慢笑了："事已至此——也只能认栽了。"

他不再多言，搂住她的腰不许她躲避，精准地找好目标俯首吻了上去。

辛栀有些惊慌，看着他不打招呼就骤然逼近的脸，义正词严地反抗着："光天化日，朗朗乾坤，这还是在学校里，你简直……"

好了，剩下的话语她再也说不出口，一一被向沉誉吞吃入腹，连同她的身心一起。

而她反抗不了……

好吧，她也不想反抗。

所有人都说向沉誉被她吃得死死的，可实际上，明明是她被向沉誉吃得死死的。

可那又如何？

是她心甘情愿，她甘愿一次次沉溺在向沉誉不多的温柔里。

这个浅尝辄止的吻很快结束，向沉誉松开她，用指腹拭去染到自己嘴角的口红印，模样性感得过分。

看辛栀不再板着一张脸，向沉誉眉梢微微一挑，语气听起来有些愉悦："不生气了？"

辛栀哼哼："还没呢，想讨好我，哪那么简单。"

向沉誉笑意渐深，他重新抓住她的手，递至唇边呵了一口气，随即一同塞入自己的上衣口袋里，她想抽出来又舍不得，于是她便偷偷用手指挠他的掌心。

一次一次，更像是挠在自己的心上。

"我们去哪里？"

问这句话时，她的语气里不自觉带了点娇憨，这是在面对向沉誉时，独属于他的情绪。她不必再掩饰，不必再伪装，她就是她。

向沉誉不理会她的小动作，静静看了几眼不远处的礼堂，突然说："你想不想进去看看？"

"哎？"

今日礼堂里来来往往的人很多，稍稍打听就明白过来，是某个警界知名人物受邀来学校演讲。那位知名人物是个破案奇才，手头上最出名的便是一起金融诈骗案。他通过好几年的暗网布置，捕捞到藏于深海的大鱼。

守在礼堂门口登记的男同学不认识向沉誉和辛栀，以为也是上级安排来旁听的人，遂客气地问："麻烦两位出示一下证件。"

辛栀一脸幸灾乐祸，他们的证件都还没下来，她倒要看看向沉誉怎么编。

向沉誉并不着急，而是掏出手机径直给老校长打了个电话。当电话递到那个男同学耳边后，也不知道老校长说了些什么，那个男同学又惊讶又敬畏。他不再细问，只拿起笔边登记边问："先生贵姓？"

"向。"

"那……这位小姐？"

"她……"向沉誉刚刚开口便被辛栀飞快地打断。

"我是他妹妹。"辛栀说。

见向沉誉目光变得耐人寻味起来，辛栀笑眯眯地补充："我也姓向。"

接过入场券，在那男同学带着点崇拜和古怪的眼神中，两人往里头走。

见向沉誉的表情要笑不笑的，辛栀这才故作一副恍然大悟的样子，正色道："咱们现在不宜暴露身份，当然最好是伪装成兄妹啊父女啊什么的……"见向沉誉微微蹙眉，她笑得更开心，"只可惜你怎么看都不像我爸，那就勉为其难让你当我哥哥咯。"

"所以你姓向？"向沉誉问。

"毕竟是向三哥的妹妹嘛。"辛栀答。

"或许……"向沉誉语速有些慢，像是在认真思忖，"我可以理解为，你迫不及待想要随夫姓了？"

辛栀一噎。

"对了，"辛栀迫不及待地转移话题，"老校长是怎么跟他说的？像今日这种重要场合，寻常人应该很难进去的吧？"

向沉誉瞟她一眼，淡淡道："老校长说我们是一对夫妻，是来暗中保护今日演讲的那位警界大人物的，还跟他叮嘱说我们要低调行事，不能暴露了身份。"

辛栀赶忙扭头又看了那个男同学一眼，狐疑："真的假的？如果老校长真这么说了，再加上我刚才说我们是兄妹……那估计会颠覆他的人生观吧？"

"骗你的。"向沉誉一本正经，"我怎么会知道校长是怎么跟他说的？"

"……"

辛栀狠狠掐了他一把，好气又好笑："向沉誉你真幼稚。"

两人好不容易寻了最后排角落里的空位置坐下，周围便响起了热烈的掌声和欢呼声。

抬眼望过去，只见一个看模样五十出头，温煦和蔼貌不惊人的中年男人缓缓步上舞台中央，他压了压手，周遭很快便安静下来。

辛栀目光凝固在舞台上，心一沉，她低声试探出一个称呼：

"……厅长？"

向沉誉"嗯"了一声，好似并不意外："事情有些棘手，厅长昨晚在听了我汇报的情况后，便搭了最近的一趟航班，赶了过来。"

而这次的演讲，不过是掩饰真实目的的明面上的工作罢了。

辛栀了然，想必这就是向沉誉暂时撇下手头工作，赶来警校的原因吧。

只是她依然有些不明白，这桩昭雪的案子，虽发展成了两条人命的命案，可是究竟为什么会一而再再而三地惊动省公安厅的厅长呢。

要知道，长达五年的卧底任务，厅长可是一直暗中操控，从不亲自出面的。

他到底是出于什么原因，这么重视这桩案子？

虽然有些许失望，原来向沉誉带她来这里并不是为了约会，但她并不会乱吃飞醋，很快就进入了工作状态。

　　她环视着四周，压低了嗓音："所以，你来这里就是为见厅长的吧？"她无所谓地笑笑，拍了拍他的肩膀，"直说便是，这么神神秘秘做什么？"

　　向沉誉静了一瞬："这的确是原因之一。"

　　"所以还有原因之二？"

　　向沉誉不置可否，却没有继续说话。

　　于是，他们便安静地听厅长讲话。

　　厅长气场很足，举手投足间很有魅力，再加上他口中的故事委实有吸引力，渐渐地，辛栀从有些心不在焉到全神贯注起来。

　　不料，旁边的向沉誉再度低声启唇："你可知道当年让厅长一举成名的那桩案子？"

　　辛栀稍稍回神，毫不犹豫地答："当然知道，在学校就读期间，那桩轰动曙光市的金融诈骗案，学校作为范例，让我们反复研读过。"

　　金融案前后历时好几年，很不容易才破获。但也就是那桩案子后，厅长退居二线，不再冲刺在前线，而是一直从事幕后指导工作。虽然是这样，往后的日子里，厅长仍然主导着破了不少大案。

　　大家都说，厅长是年纪大了，力不从心了，可当时研读完各种材料后，辛栀却觉得，厅长是真心热爱这份事业的，他敢于拼搏敢于奉献，各方面都是佼佼者。

他退居二线的原因，一定没有那么简单。

"那你可知道，姜延入狱之前是做什么的？"

辛栀话语间谨慎起来，她思忖了一瞬才说："白手起家？自己创业的富一代？"

二三十年前，曙光市相对而言是一座落后的三线小城镇，是由姜延在内的十多位企业家的带领下，经济渐渐繁荣起来，一举跃为一线城市。

虽然因为姜延眼界不高，没有顺应时代的潮流选择逐渐做大与国家合作或与外企合作，但在命案前，姜氏企业在曙光市仍是不可撼动的存在。

她忽然一顿，不自觉有些毛骨悚然。她看着身旁面容凝重的向沉誉，说："你的意思是……"

"和你一样的疑问，为什么厅长会如此看重姜延的案子。"向沉誉的目光停在远处头发有些花白的厅长身上。

"难道说……姜延是当年的漏网之鱼？"辛栀大胆推测。

向沉誉沉默了。

"应该不可能吧？那可是差不多二十年前的旧案了，并且早已结案。"辛栀又自我否定，"如果姜延真是涉案人员，不可能逃脱法律的制裁这么久才对。"

向沉誉轻轻摇头："不好说，我只知道，当年的金融诈骗案是厅长一手办理的，并且早已结案。"

辛栀重新将视线投在厅长身上，越发觉得远处侃侃而谈的厅长神秘莫测。

"你为什么会这么想？"辛栀疑惑。

"你还记得当年姜延失手杀死的那个女人吗？很奇怪，如果当年不是姜延杀的她，那姜延为什么会甘心认罪？其中有什么隐情？"

"记得，不是说那个女人就是一个普通人吗？背景清白，和姜延没有任何关系。"

"对，从她的资料来看，她从未违法乱纪过，也的确与姜延没有任何直接瓜葛。"向沉誉一顿，眉眼冷凝，"但她曾短暂地当过李奉的情妇。"

他一顿，继续说："也就是警方线人的情妇。"

这个身份委实不简单。

辛栀越发觉得此案扑朔迷离，让人摸不着头脑。她皱了皱眉，对向沉誉口中的这个名字毫无印象。

"李奉是谁？"

向沉誉没回话，而是别有意味地看了她一眼。

和他视线甫一接触，辛栀脑海中原本捉摸不透的某个点突然明晰起来，她反应过来，险些要惊叫出声——

"你是说……李先生？！"

第六章

可我等不及，想要看到你成为我的
新娘

厅长的演讲已经完毕，很快，他的身影消失在视线之中。

台上换了一位年轻的学生继续讲话，向沉誉却不急着起身离开，而是接着认真听演讲。

辛栀被勾起了兴趣，忙不迭凑过去和他咬耳朵追问："你是说，李先生当年就是因为协助厅长破获了那桩金融诈骗案，所以才辗转出国避难？"

"难怪。李先生已经在国外待了很长时间了，并且从不肯向我们透露真名。"辛栀说。

她脑海中浮现出李先生的样子，年近五十，相貌平平，并不算多起眼。虽然接触不算多，但能感觉出他待人温和，为人谨慎，极会察言观色，应该是个八面玲珑、处事圆滑之人。

"照这么说，那李先生岂不是会有危险？"

"那边一直安排了人保护他，而且即便我们没有安排人，他也会致力于和当地警方打好关系，不用担心。"向沉誉说。

辛栀松口气："那就好。"

她的语气明明很正经很严肃，可她的呼吸却软软地打在向沉誉耳畔，有些痒。

向沉誉有些心不在焉地捉住她的手，随口应了一声："嗯，大概吧。"

"大概？"辛栀不满他的敷衍，"你究竟查到些什么了？快跟我说一说。"

向沉誉轻轻笑："不是说不支持我查案吗？"

辛栀眉头一扬："不巧，局长将我的档案调到了曙光市公安局。"她挑衅地看着向沉誉，"所以，这也是我的案子。"

"嗯，你的案子。"向沉誉眼底的笑意渐渐漫开，轻飘飘地扫了她一眼，"如果我没记错的话，我才是专案组的主要负责人。"

辛栀深吸一口气："所以，喻警官面对你的下属还要藏着掖着？"

"面对下属不会。"向沉誉答，他一根一根摩挲着辛栀的手指，若有所思，"可面对女朋友就不一定了。"

　　知晓向沉誉是在开玩笑，辛栀也不恼，沉住气故意问："你想怎样？条件是什么？"

　　向沉誉笑了，指了指自己的脸颊，嗓音低沉："贿赂我。"

　　辛栀一愣，觉得好笑，也不扭捏，干脆地凑过去亲了他一口，这才揶揄道："我倒不知道，向三哥离了警校后，居然学会了收受贿赂。"

　　"辛小姐贿赂人的本领也不赖嘛。"

　　辛栀佯怒地拍了他一下："好了，正经一点。"

　　"也没什么，只不过在昨晚与厅长通电话时顺带问了句李奉的事情，那位女性死者的身份是厅长告诉我的。"向沉誉说，"他早就查出了当年那位女性死者的背景，只是不知他出于什么原因压了下来，再则，当年我并没有资格知晓这些实情。"

　　"没了？就这些？"

　　"没了，就这些。"

　　辛栀觉得自己吃亏了，说来说去相当于没说。她瞪了向沉誉一眼，气恼道："快把我的贿赂还回来！"

　　"好。"向沉誉干脆利落地答应，低头就打算吻她。

　　辛栀偏头躲过，扯了扯嘴角气笑了："想得美你。"

　　向沉誉低笑一声，这才说："厅长要见你。等会儿跟厅长见了面，你自然就知道了。"

　　辛栀轻哼一声，勉强满意了。

台上年轻的学子气宇轩昂，举手投足间很有气魄。他口中讲述的是他前段时间协助当地警方破获的几桩小案子，他将自己从中获得的经验一一分享给大家。

看着看着，辛栀有些晃神，她忽然轻声喃喃："真没想到，我们还会有携手破案的一天。"

向沉誉一静，眸色沉了沉。

辛栀语速飞快："毕业后，我在警校里留了好几年，整日干一些琐碎的事情。一方面是因为我一意孤行好几次不服从安排，所以上级有意压住我，想要磨一磨我的性子。另一方面……是我无法想象，一个人查案，会是什么样子。"

"后来，我好不容易适应了，却又找回了你。"她用的是"找回"这个词。

她吐出一口气，语气轻松道："好了，不说这些了，专心过好未来才是要紧的。"她瞥一眼他的侧脸，用开玩笑的口吻道，"事已至此，我会牢牢地看住你的，不会再给你消失的机会了。"

她不再说话，没打算和向沉誉继续聊，认真听起那学生的演讲来。

十多分钟，向沉誉一直保持沉默，他全程牢牢注视着辛栀姣好的侧颜，而辛栀恍若未觉。

待那学生已经开始说结束语，长达两个小时的演讲会即将

落入尾声时，向沉誉微微眯起眼，好像下定了某种决心，这才
缓声开口："如果嫁给我——"

他的语气很平淡，仿佛是在说一件稀疏平常的事情："你
会不会安心一点？"

他不等辛栀回复，就兀自抿唇笑了笑："我会。"

一阵又一阵的掌声恰好盖住了他说话的声音，掌声经久不
息。辛栀全部注意力都在演讲的学生身上，隐约只听到了"如
果""安心"这些字眼，她疑惑地皱眉："你刚刚说什么？"

向沉誉也不急，眼底浮起很浅的笑意。他握紧她的手，抬
至唇边，垂下眼睫颔首在她每根手指上温柔地吻了吻。他的每
一次亲吻都让她心神微颤。

不同于唇齿交缠的亲密，这是不带情欲的情绪宣泄。

他的每一次亲吻都在表明他的依恋，他的爱。

他缓缓抬眼，细细端详着她的表情，在掌声停息之际，他
再度开口："阿栀，嫁给我。"

在几年前第一次见到你的地方，在一切开始的地方。

嫁给我，阿栀。

他这句突如其来的求婚，让辛栀极度震惊的同时心头涌上
难以言喻的惊喜。

她难得有些结巴，隔了半晌才从被堵住的嗓子眼里发出声

音来，可说出口的话却是带着嫌弃："你……你一句口头上的空话，未免太随便了些，一点也不正式。"

向沉誉微微一笑，镇定自若地单膝落地，不知从哪里掏出一个红色丝绒盒子。

"阿栀，嫁给我。"他重复。

他们这番动静惊扰了周围正欲离开的学生，他们好奇而又友善地投来视线，窃窃私语。

辛栀渐渐平复了情绪，她懒得在意周围人的眼光，整颗心都系于向沉誉的一举一动上。

她不急着答应，而是在短暂地惊讶他早有准备后，径直接过那个小盒子仔细打量。她调笑："我们不是才刚在一起没多久吗，你也太着急了吧？"

"可我等不及，想要看到你成为我的新娘。"

他漆黑的眼一眨不眨地望着辛栀——他从未如此正式过，甚至带了那么点紧张忐忑。

辛栀避开他的眼神，小心翼翼地打开盒子，将那枚精致的戒指取出来，仔细看了看，认真摩挲着刻在戒指内侧的两个名字的英文缩写，她抿唇一笑，将戒指递还给向沉誉。

她平静地轻声说："可是你还没有见过我的父母……"

向沉誉一顿，垂下眼睫接过那枚戒指，隐约明白了辛栀的意思。

他说话的语气仍然平稳不辨情绪，丝毫没有被拒绝的恼怒：
"那好，等我……"

"不过——"辛栀打断了他。

不去看向沉誉的表情，她翘了翘嘴角，不再克制自己的情绪，径直将自己的左手伸到他面前，笑容戏谑道："不过，迟些我们一起去见也是一样的。"

辛栀的笑容在唇畔扩大，她说："我爸妈很宠我的，我喜欢的人他们一定也会喜欢，更何况你本来就挺讨人喜欢的。"

向沉誉一怔，过了半晌，他笑了笑，认真地将那枚戒指戴在了她左手的中指上，然后捏紧她的手站起身来。

"是吗？"他望着她低声问。

"对呀，当然，我说是就一定是。"她顿了顿，"恭喜你了，向三哥。"她笑弯了眼。

"我的荣幸。"向沉誉笑着说。

赶到老校长办公室时，已经是一个小时以后了。

老校长正在和厅长闲聊，见他们进来，便闭口不再继续说。

见向沉誉进来，老校长愣了愣神，颤颤巍巍地戴上老花眼镜仔细端详向沉誉的模样。

虽然早就听闻向沉誉没死，但亲眼见到自己曾经的学生好端端站在自己眼前，又是另外一回事。

向沉誉表情也微微松动，大步上前去给了老校长一个拥抱，真诚地说："校长，这些年辛苦您了！"

　　对于向沉誉离开警校一事，知晓实情的人并不多，老校长也算其中一个，可因为此任务属于绝密，他只能选择撒谎保密，替向沉誉隐瞒。

　　此时，老校长眼眶微微泛红，大笑道："回来好，回来好，还是家里舒服自在！"

　　看着这一幕，辛栀也有些感慨，但更多的，是感动，无法言喻的感动。

　　打完招呼后，厅长掐了烟含笑起身。一看两人的表情，他便明白过来，爽朗地笑着拍了拍向沉誉的肩膀，道："你小子，得偿所愿了？"

　　辛栀明白过来，佯怒瞪了向沉誉一眼："原来你早有预谋。"

　　向沉誉也不否认，紧紧握了握辛栀的手，然后松开，微笑着朝厅长颔首承认："的确得偿所愿。"

　　见他们要开始聊案子，老校长便识趣地避开了。

　　厅长的视线在两人身前掠过，思索了一阵后，说："当初卧底行动，你们没能一起，现在这起案子能一起，也算是缘分。"

　　向沉誉和辛栀对视一眼，都默契地没有回复。

　　"既然这起案子是你们两个负责，我也没必要再隐瞒什么了。"厅长叹了口气。

原本意气风发的模样好似一下子衰老了很多，他凝重地开口，第一句话便是一个重磅炸弹——

"姜延曾是我的好兄弟。"

辛栀一怔。

厅长姓胡，本名胡源。

他和姜延，一个在警界叱咤，一个在商界驰骋，看似风马牛不相及的两个人，可实际上，他们一直私交甚笃。

姜延从不过问他求助他，他也从不干涉姜延。就这样心照不宣地避谈工作，每次见面只是吃吃饭喝喝茶而已。

原本相安无事地过了好几年，可后来的一件事，让两人产生了分歧。

胡源接到的一起金融诈骗案隐隐指向某几位商界大佬，可偏偏姜延与那几位关系不错。那时候还没有任省公安厅厅长的胡源很是看不惯，便叮嘱姜延离他们远些。可生意场上的事，哪有他说的那么简单，哪能说不接触就能不接触的，于是两人便产生了矛盾。

那桩案子结案后，胡源将那几位涉案大佬通通抓捕了，就这样，他和姜延的关系也走向冰点。

至于李奉，他从小成本买卖做起，一路顺风顺水。

在底层待过的人，黑白两道都吃得开。他自己本身底子不太干净，更乐于跟警方合作，便卖了个人情给警方，向警方透露了几次那几位金融界大佬的线索。事情结束后，他便在警方的帮助下，顺利地去国外定居。

　　厅长话语间轻描淡写，省略了许多当年惊心动魄的细节："那个死掉的女人叫肖蔷薇。她在金融诈骗案前后，一直是李奉的情妇，死心塌地跟了他几年，估计多多少少也知道一些实情。六年前，肖蔷薇死的时候，我便有所怀疑，却怎么也查不到姜延与当年金融案之间的联系，只能认定是意外。直到前不久，姜延出狱，改口声称自己当年是无辜的，并且，他被残忍地杀害了。"

　　辛栀默默听着，心头的疑惑越来越多。她慎重地开口问："您怀疑姜延的死，以及那个女人肖蔷薇的死，都是同一伙人所为？并且与当年的金融诈骗案有关系？"

　　见厅长沉吟不答，她好看的眉头蹙起来，看了向沉誉一眼，继续说："如果真是这样，那幕后真凶未免太可怕了。"

　　不知怎的，她突然想到，厅长与姜延曾是好兄弟，而向沉誉也曾与姜逾年是好兄弟。

　　这诡异的巧合，也不知道是好事还是坏事。

　　厅长不置可否，讲述往事时淡漠的神情再度变得温和起来，他摸了包烟站起身，笑了笑："我还有几个局，就不和你们一起吃饭了。这次过来，一是想和你们聊一聊，二是想亲眼看一看你们的状态，是不是还能沉得住气。"

他眼眸清亮锐利，满意地笑了笑："不错，还是当年我赏识的你们。"

见厅长打算离开，辛栀赶紧随之起身，追加了一句："如果您能协助我们，自然再好不过。"

厅长脚步一顿，却头也不回。他沉默了几秒才说："年纪大了，不想再事事都管了……你们查到了线索，直接向我汇报便是。"

"是……"

厅长离开，办公室里只余他们两个，向沉誉这才开口对辛栀解释："当年厅长的妻子和刚出生的女儿被那伙人绑架，强逼厅长退出所有的调查。"

辛栀张了张口，一时愣怔。

"他们财大势大，当时只有厅长一人坚持要查。而厅长拒绝了他们的要挟。"

辛栀瞳孔微缩，瞬间意识到了结果，她全身发寒。

向沉誉淡淡道："厅长的妻子至今瘫痪在床，至于刚出生的女儿，丧了命，尸骨无存。厅长一直避谈这件事，也没有将其写入档案里。"

一个是好兄弟的离开，一个是家破人亡。

难怪厅长失意。

辛栀有些愧疚："我该好好跟厅长道个歉才是。"

向沉誉笑笑："不用，厅长不会介意的。"

辛栀摇摇头："不，是我太莽撞了，辜负了厅长的信任。"

接着，她站在门口冲向沉誉展眉一笑："我马上就回。"

见辛栀追了出去，向沉誉也不阻止，笑了笑待在办公室里等她。这时，手机骤然振动，是姜逾年打来的电话。

向沉誉盯着看了一会儿，嘴边溢起一丝轻笑，不知道是嘲讽还是什么。

他接起："喂，逾年。"

那头沉默了很久，传来一个细若蚊蚋的柔软女声："警官先生，是我。"

向沉誉的神情倏地冷却下来。

见向沉誉不说话，姜青燃深吸一口气，小声继续说："抱歉警官先生，突然打电话找你……哥哥他，哥哥他现在不在，所以我才私底下联系你，你千万不要告诉哥哥……"

"说。"向沉誉打断她。

见向沉誉态度冷淡，姜青燃越发局促不安，她视线飘忽不定，朝某个方向深深望了一眼，捏紧了手机，这才说："我……有事情想当面跟你说，电话里不太方便。"

"不必，电话里说就行。"向沉誉的口气越发冷漠。

姜青燃有些急了，脱口而出："是……是关于哥哥和爸爸之间的事情，或许能对你破案有帮助。"

挂了电话，姜青燃扭头看了看一直坐在身旁静默不语的姜逾年。

她语气有些担忧不自信："哥哥……他同意见面了。"

"燃燃，你做得很好。"

姜逾年原本冷淡到甚至带了点厌恶的脸上露出笑容来，他慢条斯理地整理好略微有些凌乱的衣领，朝姜青燃招招手，示意她坐到自己旁边来。

"来，瞧瞧，像不像你？"

姜青燃落了座，视线凝固在姜逾年身前的画架上，上面赫然就是她刚刚立在窗前打电话时的模样。

她的眼眸亮了亮，这是姜逾年这么多年以来，第一次为她画像。

第一次。

"哥哥亲手画的，自然像。"她忍不住喜形于色。

"送给你了。"姜逾年温柔地对她说。

姜青燃的脸颊飘起绯红，心脏也像一片软云，浮浮沉沉干燥而温暖。

"燃燃，"姜青燃一边喊着她的名字，一边有一下没一下地抚弄着她的长发，他语速有些慢，"那通电话，你明白我的意思的，对吧？"

姜青燃一愣，像是迎头被泼了一盆凉水。她反应过来，脸色白了白，僵硬地点点头，勉强露出笑容："我明白的。"

姜逾年宽慰地轻舒一口气，琥珀色的眸里锋芒毕露。

"向沉誉不是那么好打发的，此番找他帮忙，他定然不信任我。"姜逾年扶了扶眼镜，"所以……他势必不会放过你送上门的好机会。"

姜青燃还是有些不自信："那我和他见了面，该怎么说？"

沉默了一阵，姜逾年蓦地一笑，抬手捏住姜青燃的脸，仔细端详着她的面容，满意地看着红晕一寸寸遍及她整张脸。

他不紧不慢地用沾了嫣红颜料的食指在她脸颊两侧划了几道胡子，白皙到极致的肌肤和艳丽到极致的红，衬得她像一只乖巧的小猫咪，满眼澄澈。

他这才含笑启唇道："实话实说。"

第七章

怪你过分好看

辛栀讶回办公室时，向沉誉正好挂了电话。

"和谁打电话呢？"辛栀随口问。她眉眼弯弯，边说边搓搓手试图驱散满身的寒意。

向沉誉静静地望着她走到自己身边，熟稔地牵住她的手塞进口袋里，温暖的触感自指尖传递给她。

他神情有些微妙："姜逾年的妹妹。"

辛栀愣了一瞬，脑海里瞬间回忆起那个柔弱纤细的身影，的确是容易让男人产生保护欲的长相。

她倏地笑开，叫人看不懂她真实的心思。

她好奇地问："哦？姜青燃？她说什么？"

"说要和我单独见一面。"

"单独见面？"辛栀稍一挑眉，明白过来，了然道，"哦？难道她是背着姜逾年和你私下里约见？她打的什么主意？"

向沉誉摇头，语气却并不好奇："不清楚。"

"你答应了？"

"嗯。"

辛栀沉默了一瞬，无所谓地点点头："唔，是该答应，那就去呗。"

向沉誉将她的手握得紧了些，瞥她一眼玩笑道："这会儿不吃醋了？"

辛栀"扑哧"一声笑开："你真把我当成醋坛子了？她敢背着姜逾年联系你，自然是有某种原因的，说不定是有什么姜逾年的小秘密要告诉你。所以，你肯定要去赴约呀。"

向沉誉停了两秒，问："要不要跟我一起去？"

辛栀一愣，真心实意地笑开。她摇摇头："我才不去，既然姜青燃私下里找你，肯定不希望我这种外人参与进来的。"

她抱住他的手臂正色道："我不是不吃醋，的确，我承认，我不信她。不论她是不是姜逾年的妹妹，光是她刻意找我求助，现在又私下里约你见面，就已经让我很不爽了。"

向沉誉眉眼沉沉地注视着她，低笑一声："这么不爽还让我去？"

辛栀认真地说："但我信你，向沉誉，我信你。"

见向沉誉表情似笑非笑，辛栀扬了扬嘴角，自信道："又或者说，我信我自己。"

"这么自信？"

"那当然，"辛栀话锋一转，笑眼弯弯，"毕竟我这么好看，你怎么可能看上她？"

"也是。"向沉誉颔首承认，眼底漾满柔软的情绪，"谁让你这么好看。"

辛栀心满意足了，可话锋却拐了个弯，义正词严地说："不过，你既然这么想让我跟你一起去，我自然也不好拒绝了你的好意。而且，万一那个姜青燃图谋不轨呢？那你孤身一人多危险啊！"

向沉誉别有意味地笑了笑："改主意了？"

她装模作样地叹一声："我就勉为其难地陪一陪你吧。"

回去的路上，辛栀还是有些放心不下李奉的安危，便打了个电话过去询问情况。

接电话的并不是李奉，而是他的妻子。他的妻子说李奉这几天出国去做生意了，并不在家。

听了这番话，辛栀反而稍稍放下心来。

依目前的情况来看，李奉不待在家反而是最安全的，他是贯穿前前后后长达二十年的这几桩案件的关键人物，势必会是幕后真凶追击的对象。

他的安全是最重要的。

必要的时候，他能提供不少有利的线索。

次日下午，向沉誉如约赶到了姜青燃约定的地方。

姜青燃早已在包厢里等候，见向沉誉出现，她有些慌张地搁下一直捧在手里早已冷掉的咖啡，站起身来。

她提早了一个小时到这里，自二楼往下张望，望着天色一点点暗下来。

外头车来车往，红绿灯闪烁不定，和她同时进这家咖啡厅的一对情侣已经相拥着离开。

外头那个穿着破旧棉袄抽着烟的流浪汉已经在原地站了很久，他似乎想进店，却又因为自己满身脏污而不好意思进来。

于是，她便喊服务员给流浪汉送了一杯热腾腾的咖啡过去。

她回过神，短暂地思考了一下该如何称呼面前的他，终究还是选了最礼貌的一个："向警官。"

向沉誉没有穿警服，打扮很寻常，普通得不能再普通，可却依旧是人群里最显眼的那一个，或许是周身气质使然，叫人隔老远就能看到他的身影。她看着他独自一人下了一辆商务车，缓步走过来。

向沉誉目光极冷淡地扫了她一眼，她穿着简单的白 T 恤、牛仔裤，脸上不施粉黛，面容白净，清纯又可爱。乍一眼看过去，装扮和大学期间的辛栀有些像。

他不禁面露讥嘲。

他落座在她的对面，从上衣口袋里摸出一支录音笔搁在桌子上。

见姜青燃表情惊诧，他语气平淡地解释："既然姜小姐在电话里说要透露案件相关的事，又不愿去局里详谈，那便只能全程录音处理。"

姜青燃不料他有这番举动，只觉之前的安排都被打乱了。她的脸红一阵白一阵，老半天才说："我此番找向……"

向沉誉抬眸看了她一眼。

姜青燃话时停顿了一下，乖觉地改口："我此番来找喻琛警官，只是想聊一点私事，并不是聊案情。"她咬了咬下嘴唇，双手合十，颇有些楚楚可怜，"希望警官先生可以不要录音，我不希望有第二个人听到我们之间的对话。"

她这番话有些暧昧。

向沉誉静了一瞬，却没有收起录音笔的意思。

"姜小姐，想必你不太了解我。"他说。

姜青燃一愣，不明白他是什么意思。

向沉誉勾起嘴角微微一笑，这副表情落在姜青燃眼里有些惊艳。只见他淡淡启唇："我的未婚妻对我很不放心，所以，我势必要让她安心。"

话音刚落，他佩戴在左耳的微型耳机里突然传来某种嘈杂的声音。向沉誉神情不变，依然一副镇定自若的样子，只是眼底稍稍染上很浅的笑意。

姜青燃张了张口，有些意外他这句话："未婚妻？"

见向沉誉默认，姜青燃神情有些古怪起来，她勉强一笑："是辛小姐吗？你们已经订婚了？恭喜恭喜。"

"嗯，多谢。"

姜青燃眼睫颤了颤，语气有些艳羡又有些懊恼："你的意思是……这个录音会给辛小姐听到？是吗？"

向沉誉不置可否。

见姜青燃面露为难，向沉誉轻笑，眼底冰冷一片："姜小姐不愿意？"

姜青燃想了想，缓慢地摇摇头，轻柔的嗓音里透着几分坚定："希望先生说到做到，不会给第三个人听到这个录音。"

"当然。"

等服务员给向沉誉送上一杯咖啡，姜青燃这才慢吞吞重新捧着自己眼前那杯，盯着里头微微漾起的水波看。

"我是姜家的养女，哥哥成年后便一直陪在他身边。"姜青燃说。

她嘴角轻轻上扬，好似对现状很是满足："养父母待我不算多好，可哥哥却一直待我很好，他——"

"抱歉，姜小姐，"向沉誉面无表情地打断她，"我很忙，不要浪费时间。拖延得越久，越会给真凶逃脱的时间。"

姜青燃一怔，默默点了点头。

她手指紧了紧，像是对接下来的话有些难以启齿，老半天才小声说："其实在小的时候，哥哥便发现了爸爸在暗地里从事某种见不得人的勾当。"

她清了清嗓子，眼珠转开："虽然那时候哥哥年纪小不懂事，却也明白，那是骗人的买卖。"

见向沉誉依旧表情淡漠，姜青燃咬了咬下唇，犹豫了一下继续说："一段时间后，爸爸越陷越深，还……还欠了不少外债，便收手不再干……爸爸他一定是被人利用，才一时冲昏了头脑的。又过了几年，哥哥看了电视新闻，这才意识到，新闻里那几个被抓捕的叔叔，正是家里的常客，爸爸他也是受害者。"

"你可知道，姜延当年具体做了些什么？"向沉誉问。

姜青燃皱了下眉头："具体是什么，哥哥也不是很清楚，只知道是投资参与了一个什么房地产项目，还拉了好几个人一起，可几年后却毫无收益，竹篮打水一场空。"

"还好爸爸收手早，这才没有受到金融案的牵连……但是，实不相瞒，爸爸的公司在那段时间因为投入了大量资金，早就亏空了，完全是因为多年积累的人脉，钱越借越多来苦苦支撑。如果不是六年前入狱那会儿获得好心人的帮助，一举还清了外债，是撑不到今日的。"

"好心人的帮助？"向沉誉瞬间抓住重点。

姜青燃自觉失言，脸色变了变，见向沉誉眼神锐利，只好承认："对，这件事哥哥并不愿意承认，他总觉得是因为爸爸入狱了，才导致公司日渐衰败的。"

"那你可知道好心人是谁？"

"不知道，估计只有爸爸一个人知道。只可惜，爸爸已经遇害了。"她惋惜道。

虽然姜青燃语焉不详没有细说，向沉誉还是很快了然，姜延果然与二十年前的金融诈骗案脱不了干系。听她的意思，大概姜延同样受了骗，只不过发现得早，这才及时脱身而出。

"这些都是姜逾年告诉你的？"他把玩着手中的录音笔。

"是。"

"也是他让你来找我的？"向沉誉抬眸看她。

姜青燃一怔，瞥了他一眼，见他猜透，便默默点了点头。

"这些话，为什么他不来亲口对我说？"向沉誉抿了一口咖啡，手指有一下没一下在咖啡杯杯壁上敲。

"他……他很忙，手里头堆积了好几幅订好的画还没画。"姜青燃有些支吾。

　　想了想，她又补充："当年骗你那件事，哥哥心里一直过意不去，他就是个嘴硬心软的人，从来不服输，想帮着你破案，好尽快找到杀害爸爸和陷害爸爸的凶手，可是又不好意思来找你。更何况，这也算是曝光自己亲生父亲的黑料了……这才让我来转达……"

　　"说起来，我和姜逾年是老相识了，怎么从未见过你，也没听他提起过你？"向沉誉忽然问。

　　姜青燃一愣，眼神闪烁一下："我从小便是上的寄宿学校，很少回家里。"

　　"好，我知道了。"向沉誉颔首。

　　他看出姜青燃在撒谎，如果姜逾年真对她好，怎么可能对她的存在绝口不提。

　　姜逾年虽然时时一副笑脸，举止温柔绅士，却实则性子寡淡，很少有人能被他放在眼里。

　　所以，姜逾年定没有她口中那么在乎她。

　　不过，姜青燃这几句话倒是解开了他心头的疑虑。那起规模颇大的金融诈骗案已经过去二十年了，幕后操纵者也抓了个干净，且判了无期，这辈子都无法出来了。

　　所以，除了尘封的档案之外，许多细枝末节的东西都无从查起，只能从六年前肖蔷薇的死和前几天姜延的死两个方向开始查。

　　关于姜延与当年金融案之间是否有某种关系，原本只是推测，姜青燃这番话倒是肯定了其中的关联。

并且，姜延极有可能是为了那笔钱，才心甘情愿地替人顶了罪。

或许，厅长当年也隐隐察觉到了什么，只是出于某种原因没有追究下去。

无论如何，好在能着手的方向又多了一个——

究竟是谁给了姜延那笔钱。

向沉誉收起录音笔站起身："多谢姜小姐提供的线索。"

见向沉誉打算离开，姜青燃有些急了，也猛地站了起来。

"我爱他。"她突然说。

向沉誉脚步一停，他的神情总算有了变化，却不是惊讶而是了然。他头也不回地微微勾起嘴角："我知道。"

姜青燃吐出一口气，说出这个掩埋在她心底很久的秘密让她如释重负。

"我爱姜逾年。"她边随着向沉誉往楼下走，边对着向沉誉全盘托出，"正是因为这样，我才不想看到哥哥这么痛苦，他该过上正常人的生活。爸爸他……爸爸他从小就很宠爱哥哥。所以当年爸爸入狱后，哥哥才一时接受不了，试图帮爸爸出国避难……后来好不容易接受了这一事实，却在爸爸出狱时得知爸爸是无辜的……现在爸爸死了，他是真的走投无路了。"

"向先生，"姜青燃真诚地说，"只有你能帮哥哥了，拜托了。"

　　耳机那头传来说话的声音，向沉誉一边推门出去一边回应姜青燃："好，我知道了，我答应你，会竭尽全力。"

　　他的目光在外头转了转，似乎在找什么人。

　　听了这句话，姜青燃松了口气，放软嗓音："多谢你了，希望我能帮上忙……"

　　话语还未落，猝不及防间，一个急匆匆的黑色身影猛地朝她的方向扑了过来。

　　姜青燃躲闪不及，只来得及看清对方疯狂到极致的眼神，再然后，她感觉自己被一股力道扯开。

　　可是已经来不及，她的肩膀上插上了一把明晃晃的刀。她脑子里一片混沌，疼痛和极度震惊交织在一起，叫她分不清现在究竟是不是现实。

　　凶手已经慌不择路地跑远了，只能隐隐约约看到他穿着破旧的棉袄，几步远的地上是他刚刚丢下的咖啡纸杯。

　　向沉誉下意识地想去追，却被姜青燃抓紧了衣袖。

　　好在，另一道身影显然比那人更快，从另一头几步追了上去，动作很是熟练地抓住凶手的肩膀，和他扭打在一块，使出的每一招都狠辣精准，很快便占了上风。

　　那是一个女人。

"向先生……我……"姜青燃勉强出声。

向沉誉扶住她，仓促间他低头看了她一眼，目光微沉："你怎么样？"

姜青燃明明疼得眼泪在眼眶里打转，却还是强忍着，看起来有些固执："我没事……可以帮我通知……通知哥哥吗……"

"好。"

姜青燃有些晃神，此时眼前的他面容冷峻眉眼沉沉，好似在极力压抑着怒火，他……是因为她受伤了才生气吗？

他眼眸漆黑，很认真地注视着她，用她从未见过的眼神注视着她。

她张了张口，抓紧向沉誉的衣袖，想笑一笑却提不起嘴角，下一瞬，生生疼昏了过去。

早早候在外头商务车里的两个警察围了过来，赶紧拨通急救电话。

向沉誉将姜青燃交给俩警察，抿唇站起身朝远处看过去。

远处行凶的流浪汉已被制伏，一手铐住他的辛栀把塞在耳朵里的耳机取出来，推着他往回走。

突然，她脚步停了停，动作很小地躲在那流浪汉身后，做了一个俯身的动作。

她很快抬起头，对那个流浪汉说话的神情森冷严肃，像在威胁什么。她完全不是嬉笑打闹的状态，而是带着不容置喙的坚毅与果敢。

向沉誉瞳孔微微一缩，迎了上去。

辛栀若无其事地咽下喉咙里的血腥味，望了一眼陷入昏迷的姜青燃，问："她怎么样了？"

"死不了。"向沉誉简单回复。

"那就好。"辛栀神情放松下来，只觉自己一番辛苦追逐没有白费，"她刚刚和你说什么呢？"

"没注意。"向沉誉答。

辛栀微讶，无奈地笑了笑，嗔怪一句："你这人真是！"

向沉誉望着她眸色一暗，视线凝固在她的嘴角上——

那是一块青紫的瘀伤，还渗着血丝，在她白皙的脸上分外显眼。

辛栀注意到他的视线，笑嘻嘻地摸了摸右边嘴角，不以为然道："没什么大碍，就是好久没练了，动作有些生疏，这才不小心被他揍了一拳。"

她眉头一扬，有些得意："他也被我揍了很多拳，仔细算起来，是他吃亏了才对。"

那流浪汉嘴里骂骂咧咧了几句，末了，冷哼一声。

向沉誉静了一瞬，淡淡说："遇事别老冲在前头，小王和小贺都在。"

辛栀愣了愣，瞟了眼正扶着姜青燃查看伤势的俩小警察一眼。事态紧急，她委实没想那么多。而且，身为警察，抓捕嫌疑人本就是天职也是本能。

她没觉得自己做错了。

刚想辩驳两句，却见向沉誉没打算继续这个话题，而是将目光投在了那个流浪汉身上。

"名字。"他问。

"你放开老子！"流浪汉对向沉誉的问话置若罔闻。他试图从辛栀手中挣脱出来，觉得自己短时间内就被个看起来没杀伤力的女人制得动弹不得，委实丢人。

辛栀面不改色，手用了些力道："老实点！"

那流浪汉见不远处的姜青燃昏迷不醒，猛地朝地上啐了口唾沫："活该！这些姜家人没一个好东西！老子蹲了这么久，总算让我逮着机会了！"

"你认识她？"向沉誉面容平静缓缓问他。

"她？"

那流浪汉满眼愤怒："姜家的人我个个都认得！他们怕死得不得了，上个厕所都前呼后拥的，还不是怕遭了报应！"

"什么报应？"辛栀问了句。

流浪汉翻了个白眼，不客气地冲她冷笑："你谁呀你？快放开老子！"

向沉誉眉眼一沉，嘴角轻轻挑起，猝不及防出手，一拳正好打在流浪汉右边嘴角上，一丝鲜血自他嘴角溢出。

流浪汉一个踉跄，疼得说不出话来。

向沉誉微微一笑，眼底却毫无笑意："抱歉，很久没出手了，控制不好轻重。"他冲流浪汉亮了亮警官证，"警察办案。"

流浪汉看到闪亮警徽的瞬间就蔫了，居然声泪俱下地控诉："警察不应该为群众主持公道吗？要不是姜延那个人渣，我当年也不会将全部身家投入项目里，害得我血本无归几乎家破人亡啊！"

忽然，他又带着一脸鼻涕眼泪哈哈大笑道："姜延死了是吧？死得好呀！刚出狱就死了！报应来了吧？那些个姜家人都死光才好！没一个好东西！"

……

看着那个流浪汉被推进刚赶来的警车里，辛栀舒了口气。

从流浪汉的话里稍一推测便能得知，他也是当年金融诈骗案的受害者，自姜延释放后，他便一直蹲守着，没能亲手杀了姜延的他便转而将报复的目光投向姜延的子女，这才抓准时机伤了姜青燃。

虽然他的经历值得同情，但为一己私愤蓄意伤人，也定要接受法律的制裁的。

辛栀活动了下手腕："我们现在去哪儿？回局里吗？"

向沉誉半拥住她往车的方向走，上了车后才简明扼要地回答："去医院。"

车里此时就他们两个人，小王和小贺坐警车押着那个流浪汉回局里了。

"哦，是去陪姜青燃吗？那需要给姜逾年打个电话吗？"辛栀问。

"需要。"

辛栀点头，果断地掏出手机给姜逾年发了条短信过去。

向沉誉停顿了一秒，淡淡看了她的侧脸一眼说："但我们不是去陪她。"

辛栀收了手机，想了一秒才明白过来，向沉誉是真生气了，气自己因为一个无关紧要的人就弄伤自己。

她好气又好笑，下意识地扯了扯嘴角，疼得她龇牙咧嘴，可嘴上却说："哎，其实我真的没什么大碍，又不是毁容了，不用管它，过几天瘀青就会消了。"

"嗯，我没打算管。"

"啊？"

"刚揍了他一拳，我手疼。"向沉誉说。

辛栀一怔，倏地笑开，顺着他的话说："好好好，咱们去看手，顺便冰敷一下我的瘀青。"她笑容里带了点讨好，"这样向三哥总满意了吧？"

见她那刻意讨好的小表情，向沉誉弯了弯嘴角，手腕处的疼痛感细密绵长。他用力握紧方向盘不让颤抖明显，不让她有一丝的担心。

转过最后一个红绿灯后，他突然开口："万一他还有刀呢？"

辛栀一时间没能跟上他的思路。

他静默了两秒，补充："你没有带任何武器，而他是个亡命之徒。"

一想到她是赤手空拳追上去的，他就没来由地心颤和后怕。

辛栀不以为然地笑了笑："那我也不怕，虽然好久没练手，现在有些生疏了，但之前学过的擒拿动作要领还是记得的，他赢不了我。"

"可是我怕。"

辛栀猛地侧头看着他。

他们都比对方更害怕对方受伤。

"而且，作为专案组负责人，我没有下令要你去追。"向沉誉说。

辛栀脸色僵了僵，有些不甘心："可是我……"

"明天开始勤加锻炼，一样都不许落下，也不许偷懒，我会监督你，且充当你的陪练。"向沉誉稍扭头，"什么时候能打赢我，便准你参与行动。"

他最懂她，知道她肯定不会愿意龟缩在他身后让人保护，而是更愿意和他站在一起并肩作战。

辛栀笑了，眼眸清亮地望着他，认真应道："好，成交。"

第八章

说你爱我，说你很爱我

直到下车，辛栀主动去握向沉誉的手，才发觉他的手颤抖到甚至握不紧她，这才意识到了事态的严重性。

医生查看过后，严肃地指出他的右手手腕以后不能再如此用力，再有下次，恐怕就保不住了。

辛栀这才想起，六年前，他的手腕便留下了旧伤，甚至连开枪的后坐力都受不住。

听完医生的话，辛栀也严肃起来，反复训斥向沉誉不许再意气用事。向沉誉便一直任由她说，时不时低笑着点头附和。

正一边说话一边走出电梯门，便看见姜逾年和几个保镖行色匆匆地走过来。姜逾年衣着很正式，像是刚从某个重要场合赶过来。

他也很快看到向沉誉、辛栀的身影，一顿，客套的笑容漫上来："两位警官。"

某间病房里，床上的人大汗淋漓，却怎么也醒不过来。

一场梦境将她困住。

梦里光怪陆离，却反复浮现着同一张脸和相同的对话——

听他说完叮咛的话后，她还是有些不自信，忐忑地问眼前的他："那我和他见了面，该怎么说？"

沉默了一阵，他蓦地一笑，用沾了名贵颜料的手指捏住她的脸，仔细端详着她的面容，满意地看着红晕一寸寸遍及她的整张脸。

他这才启唇平静道："实话实说。"

她有些惶恐害怕："怎么实话实说？他会信我吗？"

"真诚地向他坦露你的想法。"梦境里，他的身影渐渐显现出轮廓，脸上每一丝细微的表情都很清晰，"不要有任何隐瞒，他自然会信你。"

"我的……什么想法？"她游移不定，有些惊慌失措。

他停顿了两秒，压低嗓音似在呢喃："譬如……说你爱我。"

她猛地一抖，吓得脸色苍白。只觉那些自己小心翼翼收好的小心思一下子赤裸裸地展现出来，让她无处遁形，逃无可逃。

她下意识就要推开面前的他，下意识想要否认，却猝不及防被他搂住腰肢，她浑身僵直。

"好好接近他，让他怜惜你，然后，取得他的信任。"他含笑对她说。

"怜……惜？"

下一秒，一把不知从哪里冒出来的带着寒光的刀猛地向她扎过来！

……

姜青燃猛地睁开眼，冷汗涔涔，花了好几秒的时间才反应过来自己身处何处。

她脑海里还残留着那恐怖的一幕，正欲开口喊人，便听到右侧传来细微的说话声。

是姜逾年正在和向沉誉低声交谈。

"……我这几天重新对比了六年前全部的证据，的确存在这种可能——姜叔叔并没有杀人。"向沉誉说。

"嗯，如果不是我爸直接承认失手杀了人，你们当年也不至于这么快结案。"姜逾年微笑着。从他的表情上来看，丝毫没有埋怨和讽刺的意思。

向沉誉的语气仍旧不急不缓："但从当年获得的线索来看，发生命案的酒局现场的确有姜叔叔的指纹，姜叔叔也的确和死者拉扯过。"

姜逾年笑容不变："所以呢？"

"所以即便人不是他所杀，他也脱不了干系。"向沉誉说，

"但如果真的不是他，那肖蔷薇的死便不是意外，而是谋杀。"

姜逾年微微变色。

"只能证明，当时包厢里并不止两个人，但具体有几个人，就需要细查了。"

姜青燃轻咳一声，示意自己已经醒来。

姜逾年赶忙快步走过去，小心翼翼地扶着她躺好，温柔地替她掖了掖被角，关切地嘱咐："燃燃，你好好休息，医生说了刀扎得不深，很快就能好。你放心，影响不了什么的。哥哥会给你用最好的药，不会留下疤痕。"

随后，他一脸怜惜地蹙眉叹气："你真是太不小心了，怎么能一个人出门呢？听哥哥的，下次多带些保镖在身边。"

这人前人后截然不同的态度，让姜青燃有点不知道该如何接下去，她匆匆看了姜逾年一眼便垂下眼，没有回话。她一贯脑子不灵光，没有姜逾年那么聪明和心思活络，从小便喜欢他，于是事事依着他，从不敢反驳他的话。

也许是她太听话，渐渐地，他越发不把她看在眼里……

直到最近，不知为何，姜逾年对她无比亲密，让她受宠若惊。

或许，是从他联系向沉誉开始。

她能看出来，姜逾年对向沉誉是有敌意的，只是，她摸不准姜逾年到底是什么心思。

　　姜青燃沉默了一会儿,真心实意地朝一旁的向沉誉道:"谢谢你了警官,要不是紧要关头你拉了我一把,我大概已经没命了。"

　　她脸色苍白,眼里漫着水光,看起来楚楚可怜。

　　向沉誉没料到她会跟自己说话,淡淡"嗯"了一声,便不再回话。

　　姜青燃眼神闪烁几下,忽然鼓起勇气道:"你要是有时间的话,我想好好谢谢你。或者……你过几天有时间吗?"

　　"不用。"向沉誉的拒绝无比干脆。

　　姜青燃尴尬地低下头,咬着嘴唇不再言语。

　　姜逾年见她沉默下去,顿时心生不满,却还是顺着她的话说:"你们救了燃燃的命,是该好好感谢感谢你们。"

　　不待向沉誉有回应,他随即转向姜青燃,柔声道:"你刚手术完,好好躺着,报答警官的事来日方长。哥哥去和喻琛警官说几句话。"

　　姜青燃乖巧地颔首:"好。"

　　他朝向沉誉点点头,向沉誉心领神会地随他一起出门。

　　等他们离开,姜青燃这才放松下来。

　　她疼得要命但方才一直忍着,现在感觉连呼吸一下都带着针扎般的痛楚。

　　正欲休息,却冷不丁听到身旁传来一个调笑的声音:"你喜欢姜逾年?"

姜青燃惊讶地转眼，这才看到辛栀正站在窗户边拿着冰袋在敷脸。

辛栀微微一笑，将冰袋丢进垃圾桶里，然后熟稔地拿了把椅子坐在姜青燃身旁。她抬了抬下巴，侧头给她展示了下自己的伤口："喏，刚刚追那个流浪汉时不小心挂的彩。"

姜青燃看了她一会儿，低低地说："谢谢你了。"

辛栀佯装惊讶，亲亲密密地喊她的名字："青燃你就一句谢谢吗？未免有些敷衍吧？"她眼波流转笑吟吟道，"毕竟，刚你不是还说要约我——"她停顿了半秒，"约我的未婚夫好好感谢的吗？"

姜青燃规规矩矩笑了笑，并不见窘迫："辛小姐要是不嫌弃，也可以一起来。"

"哦——"辛栀耸耸肩，无所谓地扯了下嘴角，说不清是嘲讽还是遗憾，"还是算了吧，姜小姐都没有主动邀请我，我也不喜欢死皮赖脸往上蹭。"

"真是可惜了。"姜青燃温声细语地说。

"姜小姐呢？"辛栀反问，"姜小姐可喜欢这种行为？"她在指死皮赖脸往上蹭这种行为。

姜青燃静了一瞬，眉梢微微跳动了一下，脸上依然保持着笑容："辛小姐都不喜欢的行为，青燃自然也不喜欢。"

"是吗……"辛栀意味深长地拉长了语调。

姜青燃闭了闭眼："抱歉，辛小姐，我有点累了。"

　　辛栀认真打量姜青燃的面容，啧啧两声道："仔细看起来，姜小姐你和你哥还真是有几分像。"

　　姜青燃眼睫颤了颤，语气凉了几分："我是姜家的养女，和哥哥没有血缘关系的。"

　　"是吗？可我怎么瞧着，你们都一样厚脸皮呢？"辛栀慢慢说。

　　见姜青燃猛地睁开眼，笑容全无，辛栀赶紧摆摆手，笑嘻嘻地说："哎，青燃你别介意，我这人就是嘴上没个把门的，老喜欢想说什么就说。以前读书的时候，沉誉他没少说过我这个毛病。"

　　姜青燃勉强弯了弯嘴角，良久才说："……没关系。"

　　辛栀颔首，欢快地起身："那我便不打扰你休息了。"

　　刚刚走到门口，辛栀便恍然："对了，还有一句很重要的话没有说。"

　　她眉梢一挑，笑容带了点倨傲："姜小姐，既然你喜欢姜逾年，就老老实实喜欢他追求他，依我看，目前也没人跟你抢。奉劝你一句，别老觊觎别人。"

　　一顿，辛栀眉眼弯弯地补充："哦，不对，不是别人，是我辛栀的人。"

　　望着她关门出去，姜青燃垂下眼睫，一言不发地默默攥紧了床单。

　　这个辛栀看似甜美，纵使她脸上挂了彩整个人灰头土脸的，却还是笑容自信光彩夺目，平时还算性子温和好接触，一触底线就牙尖嘴利不好惹。

　　向沉誉喜欢的……就是这样的人吗？

　　没几分钟，姜逾年便走了进来。

　　他脸上仍旧挂着似有若无的笑容，眼神却很冷，他朝她走近，坐在她身旁攥紧她的手。

　　他的温度让她不自觉地瑟缩了一下。

　　"燃燃。"他慢条斯理地喊她的名字。

　　"你不会……喜欢上向沉誉了吧？"他温声呢喃。

　　姜青燃沉默。

　　此时的不言不语更像一种默认。

　　姜逾年笑了笑："真喜欢上他也没什么，我承认，他这个人的确有吸引女人的魅力。"

　　姜青燃咬了咬下嘴唇，突然大胆地凑近姜逾年，在他微怔的神情中摘下他的眼镜，柔若无骨的手指抚上他的脸颊。

　　她柔声委屈道："可是哥哥，不是你说的，让我接近他的吗？而且，燃燃只喜欢哥哥一个。"

　　出了医院，向沉誉与辛栀便回了局里。

　　辛栀顾及向沉誉的手腕，说什么也不许向沉誉开车。

　　辛栀是有驾照的，不过考完驾照后便长时间没碰过车了。向沉誉见她自信满满的样子，思忖了半晌，还是让出驾驶位来给她。

　　系好安全带后，辛栀轻咳一声，侧头问："油门是左边还是右边来着？"

　　向沉誉盯着她看了会儿，按住她的手，似乎叹息了一声："算了，我来。"

　　"别呀，我可以的，你相信我！"

　　"右边。"

　　"哎？你确定是右边？怎么车子动不了？"

　　"……你忘了放下手刹了。"

　　"哦。"

　　辛栀刚怼完姜青燃，心情颇好，老老实实地应声，眼看着车子还没起步就熄火了两三次也不恼火，而是锲而不舍地打算继续尝试。

　　"算了。"向沉誉再度按住她的手，语带无奈，"还是别开车了。"

　　辛栀眨眨眼，笑容灿烂，嘴角的瘀青丝毫不损她容貌的清秀娇俏。

　　她爽快地答应："好。"

　　两人放弃开车，选择步行回局里。

　　好在曙光市公安局离医院并不远，差不多二十分钟脚程就能到。

一进局里，便开始了紧张的忙碌。

那个流浪汉的审讯结果，还有这几日搜查到的线索等等，都等着向沉誉一一过目。

流浪汉的确没有撒谎，他与姜延的死并没有任何关系，只是单纯想要报复姜家而已。

只可惜，姜延的死依然查不到任何有价值的线索。

姜延出狱后性情大变，时喜时悲，习惯一个人独处，也不喜保镖太过接近他，偶尔还会独自一人出门。所以事发当天，整个别墅二楼只有他一个人，等管家上楼喊他吃饭时，他的尸体早已冰冷，周围也并没有他人来过的痕迹。

别墅外围的监控里找不到可疑线索，因为别墅所在区域在当天停了两个小时的电，如此巧合。

案件暂时陷入了僵局。

"喻警官！喻警官！"

一个急促的声音打破了会议室里的平静。

辛栀蹙眉，朝说话的人望过去："可是发现什么了？"

急匆匆闯进来的年轻警察小贺擦了一把额头上的汗，他冲辛栀点点头："我一个兄弟告诉我，在姜延遇害的前一晚，他在深夜俱乐部看到了姜延！我兄弟是在深夜俱乐部里替人搬行李的，对那些有钱人的长相再熟悉不过。"

辛栀沉吟："深夜俱乐部？"

"对，他说姜延是独自一人去的，看样子有些憔悴，身边没有带保镖，不仔细看压根认不出是他。我为了确认，刚刚特意去调了深夜俱乐部门外的几个监控看，果然是姜延。"

接过小贺递过来的手机，视频正好定格在了姜延的侧脸上，他行色匆匆，面色凝重。

"我兄弟帮我打听了，姜延是独自去了六年前那个出事的私人包厢，差不多九点进去的，一待就是两个小时。"

所有人都不说话了，暗自揣测着姜延的举动究竟是何用意。

"干得好。"向沉誉沉默了片刻，抬眼朝那年轻警察微微一笑，夸了一句。

"没有没有，都是我应该做的！"得到领导的夸赞，小贺又惊又喜，只觉这一番死缠烂打的打听没有白费。

现在，所有的线索又汇集到肖蔷薇死的那个酒局上。

六年前的杀人案，和现如今的杀人案。

当年的酒局到底发生了什么，又究竟有多少人出现过？

所有人的目光都投到了向沉誉身上。

向沉誉盯着手机上那张俱乐部的正面照片看了看，沉吟半晌，缓缓说："明晚去'深夜'探探底。"

"是。"

　　深夜俱乐部是曙光市出了名的休闲娱乐好去处，但凡有钱有势之辈都喜欢来这里消遣，姜延也不例外。

　　六年前，姜延正是在这里的某个包厢里，失手将在此驻唱的肖蔷薇杀害。

　　这家俱乐部很有意思，每位驻唱歌手都有专属的私人包厢，想要听她唱歌，就只能在指定的时间去指定的包厢里听，过期不候。

　　肖蔷薇算是价格很高名气也挺大的一位，姜延六年前的小型酒局便是设在了她的包厢里。

　　辛栀这几天仔细看了档案，照片里的案发现场血迹斑斑，满地都是碎裂的酒瓶和流淌的红酒。

　　躺在地上死都没有闭目的肖蔷薇的喉咙上插着一块破碎的红酒瓶碎片，正是这块碎片要了她的命。

　　当时的审讯记录里登记着，姜延承认他本欲对肖蔷薇用强，肖蔷薇不从，喝醉了酒的他一时气急与她推搡，不小心将她推倒在地，这才造成了惨剧。

　　宗卷看起来条理清晰没有疑点，辛栀仔细算了算时间线。

　　二十年前，肖蔷薇是李奉的情妇，十指不沾阳春水的她成年不久就跟了李奉，李奉出国时，她年仅二十二岁。

　　六年前，她是深夜俱乐部的驻唱歌手，那时的她三十多岁了，却依然能让见惯了风月见多了美人的姜延对她产生占有的心理。

从照片上来看，她的确是不多见的美人。

辛栀缩在黑色的商务车里，一直认真地盯着那晃个不停的镜头看。

看了半小时仍然没有进展，她有些头昏眼花，揉了揉太阳穴，打开了通话设备，冲那头说："都说了让我去执行任务，效率定要比现在高很多。"

深夜俱乐部里头涉及的势力盘根错节，关系也错综复杂，据说某个政界人物也是幕后股东之一，轻易动不得。再则，这么多年来，经历了风风雨雨，深夜俱乐部依然能屹立不倒也证明了其运作方式很是谨慎，纠不出错处来。

向沉誉安排了小贺和一个女警察小柳乔装成一对情侣潜进去，此时他们正在人群中和众人碰杯聊天。

今晚是曙光市市长的生辰，无数名流受邀来到这里。有小部分人并非这里的会员，行动受到了严密监视，除了熟面孔能自由走动外，其他人都被牢牢盯着。

透过监控可以看到，室内泳池边西装革履的男士和身着精致小礼服的女士手执高脚杯谈笑风生，不远处十多个保镖在左右环视，层层保护，很是严格。

根本没什么机会离开单独行动。

辛栀再度看了眼监控里小贺视角中小柳的动态，小柳明显有些紧张，举手投足的动作颇为僵硬，眼睛也不知道往哪里看，明眼人一看定能看出破绽来。

她叹了口气，伸了个懒腰无可奈何道："小柳初来乍到，没什么经验，这种场合怎么能干站着不说话呢？执行任务，懂得随机应变是最重要的。"

向沉誉此刻在另一辆车里，守着深夜俱乐部的另一扇侧门。

听到辛栀稍带些无奈的声音，他手肘搭在车窗上，微微一笑："总要给他们些积累经验的机会。"

"虽然是这样，但今日的场合还是太过正式了，我有些担心。"辛栀有些烦躁，现在离九点已经越来越近了，她担心今晚会是一场空。

"这种场合该让我去才是。"她的视线移开，望着外头的月色，嗓音轻飘飘的，"不是真情侣的人，怎么能伪装成真情侣呢？"

虽然她明明什么也没细说，向沉誉却瞬间理解了她的意思。

他的思绪也瞬间回到了一年前，他与辛栀意外在危险重重的毒贩集团重逢，而两人因为某种说不清道不明的原因，从没有拆穿过对方，而是一边相互排斥一边扮演着互生爱慕的情侣身份。

纵使在那种情况下，他们不能在一起，但彼此心里还是无比清楚的——

他们始终深爱着对方。

其实以辛栀的性子，是不喜待在幕后的，她更愿意冲在第一线。

是为了他，她这才陪他回国，这才耐下性子全权听从他的指挥安排。

他瞥了眼身旁的警察，见那警察识趣地低头盯紧屏幕，他将视线投向窗外，眼底笑意更深："所以你的意思是——"他斟酌了一下，"他们装成兄妹更好？"

他这句玩笑话冲淡了辛栀心头的烦闷情绪，她扑哧笑了一声，轻斥："胡说八道。"

话音刚落，屏幕便闪烁了几下，什么画面也看不到了。

辛栀一惊，与身旁的警察对视两眼，连忙与里头的人紧急联系："小贺？小柳？怎么回事？"

"喂？听得到吗？"

那头安静了很久，久到辛栀开始急躁起来时，终于传来小柳焦虑的声音：

"喻警官！辛警官！不好了，不好了！"

"怎么了？"

"小贺他……他惹麻烦了！"

第九章

深夜俱乐部的玫瑰小姐

关闭了通话功能，小柳拨开人群走到小贺身旁，找了一条毛毯盖在他身上。见他浑身湿漉漉的，冻得哆哆嗦嗦，她叹口气，小声埋怨了句："你怎么回事？也太不小心了吧？明知道我们是来执行任务的，还这么冲动。"

小贺对她的话置若罔闻，他脸色煞白，失魂落魄，眼睛直直地盯着远处不说话。

小柳疑惑地推了他一把："你究竟怎么了？"

几分钟前，小贺突然站起身试图拨开人群离开，小柳吓了一大跳，以为他耐不住性子，正打算过去劝住他，却见他由于动作太匆忙，不小心撞到一个身材矮胖的中年男子，害得那男子被红酒泼了一身。

见小贺丝毫没有道歉的意思，那中年男子大怒，一拳打飞了小贺的眼镜，眼镜径直飞到了泳池里。小贺脾气也上来了，与那中年男子争执了几句……

最后，这场争执以小贺被那中年男子的保镖丢到泳池里而告终。

"抱歉，抱歉，实在不好意思！"见那中年男子站在不远处冷眼旁观，小柳忙不迭地连声替小贺道歉，她可不想什么线索都没找到，就被赶出去。

见小柳识趣，那中年男子便也不再刻意为难，在众人的簇拥下离开去换衣服。

这场突发风波终于平息。

小柳稍稍松了一口气，见小贺眼睛依旧直勾勾地望着远处，她又惊又疑地循着他的视线望了过去，却实在没见到什么特别的人。

她再度推了小贺一把，心底冒起无名火："喂？你到底怎么回事？看什么呢你？"

小贺终于开口了，回忆起刚才无意间瞥到的那个令人惊艳的人，心底的恐惧越发扩大。他嗓音有些发抖，喃喃自语着："我看到……我看到她了……"

"谁？"

小贺惊恐地伸手抹了把脸上的水，睁着眼像是活见鬼了一般："肖蔷薇……我看到肖蔷薇了……"

六年前，那个死掉的肖蔷薇。

而此时，外头和他们失联的向沉誉和辛栀对里头的情况毫不知情。

辛栀二话不说快速自后备厢里取出一条早已准备好的裙子换上，抹了好几层粉才勉强盖住嘴角尚未消散的瘀青。

甫一打开车门，冷风袭来，让她打了个寒战，她觉得自己高估了自己抵抗寒冷的能力。

她招呼着刚腾出空间让她换衣服的警察进车去，叮嘱他继续留在原地好好监视。

说话间，余光瞟见一道修长的身影朝她的方向走来。

那人长身玉立，不知何时换了一身昂贵的精致黑西装，背对着路灯，影子拉得很长，看不清表情。

辛栀一顿，含笑看着他走近，这才故作意外地问："咦？喻警官怎么换衣服了？看样子喻警官这是早有准备？"

向沉誉不笑时，面容冷漠精致得不可思议。他闻言上下扫了她一眼，目光变得幽深，嘴角似有若无地弯了弯："看来辛警官也准备齐全。"

辛栀皮笑肉不笑："彼此彼此。"

语毕，两人相视而笑，只觉默契。

辛栀呼出一口白气，调整好状态，巧笑倩兮地挽住向沉誉的胳膊，一起朝正门走："那喻警官打算怎么进去？准备好身份了吗？"

这家俱乐部管理得很严苛，轻易进去不得。小贺和小柳能顺利进去还是得益于姜逾年的帮助，他财大势大名气大，想拿到市长生日会的邀请函是分分钟的事。

当时，向沉誉向姜逾年提出要求，姜逾年也是问都不问就答应了。

辛栀觉得，姜逾年现在和向沉誉的关系有些难以捉摸，像是抱有敌意有所保留，又像是心甘情愿地互相协助。

"不巧，刚来曙光市的那晚我便注册了各个重要会所的会员卡，包括今晚这家。"向沉誉说。

以喻琛的身份。

好在，"喻琛"毕业于名牌大学，又是从省公安厅调来的，没有人会将他拒之门外。

"看来我正好可以沾喻警官的光咯？"辛栀说。

向沉誉似笑非笑："嗯，勉强让你沾光。"

辛栀不以为意地耸耸肩，笑容越发甜腻："那我真是受宠若惊。"

向沉誉顺利带着辛栀进入了层层把守的俱乐部，而辛栀依然恶趣味地声称自己是向沉誉的妹妹。

这"两兄妹"这么亲密，守在门口的保安见多识广，没有多问。

室内比外头要暖和许多，轻柔的音乐让人不由自主就放松了心情。

辛栀一边找寻着小柳、小贺的身影，一边说："估计小贺和小柳已经稳不住了，找到他们后就让他们直接出去等吧。"

向沉誉点头，目光一刻不停地在人群中巡视："嗯。"

很快，辛栀便瞧见了蹲在泳池边的两个身影，远远看过去，两个人的脸色不太好看。

"他们在那边。"

正欲走过去时，向沉誉却突然停住了脚步。他望着另一个方向，神情有些微妙。

辛栀一顿，也随之望向不远处某个熟悉的身影。她的目光从惊讶转为平静，好似早就知道了他会出现，虽然她觉得他并不该出现在这里。

呵！真是何处不相逢。

她与向沉誉对视一眼，都从对方眼中了解了那人的意图。

辛栀微微一笑，松开向沉誉的手："我去去就回。"

"万事小心。"向沉誉望着她说。

　　姜逾年正和人谈笑风生时，突然听到身后传来熟悉的嗓音——

　　"姜先生？"

　　姜逾年回头，果不其然见到辛栀的笑脸。她独自一人，身旁并不见向沉誉。

　　"你今天真美。"他由衷地赞美。

　　"多谢。"

　　他笑容加深："阿栀一个人？喻警官呢？"

　　"怎么会一个人？"辛栀眉眼弯弯，压低嗓音毫无避讳地对他说，"他去查案去了。"

　　"是吗？"姜逾年并不意外，"那你呢？你怎么不去？"

　　辛栀笑意不减："来凑个热闹呗。"

　　姜逾年的眼神微微闪烁："阿栀一个人岂不无趣？"

　　"这不是见到你了嘛，"辛栀的笑容明媚如昔，"那也不算无趣。"

　　见姜逾年的笑容变得意味深长，辛栀这才笑吟吟地补充："只是，你来这里做什么？难不成也是查案？"

　　在看到姜逾年时，她便很快猜出，或许，姜逾年猜到了他们今晚会有行动。

　　又或者，姜逾年十有八九也得到了某种线索。

　　姜逾年对辛栀咄咄逼人的问话置若罔闻，恰好音乐变换成了柔和的舞曲，他极其绅士地朝辛栀躬身："不知姜某有没有这个荣幸，请辛小姐跳一支舞？"

辛栀一顿，随即抬手放入他掌心，抬眼朝他微微一笑："当然可以。"

在辛栀第五次踩到姜逾年的脚时，辛栀终于蹙着眉无辜地向姜逾年坦白："抱歉，忘了说，我并不会跳舞。"可她眼底细碎的笑意却透露着她丝毫没有抱歉的意思。

姜逾年眼底戏谑的意味更浓："我教你。"

他不厌其烦一遍遍地教辛栀步伐怎么走，辛栀却依然一次又一次跳错。

她其实早就学会了，只不过是想拖延时间而已。如果他此次真是来追查线索的，那她委实好奇，他真实的目的究竟是什么。一方面请求向沉誉帮忙，一方面又私自行动，这未免有些矛盾。

抛开他与向沉誉的纠葛，他的确是一个文质彬彬、温柔健谈、容易让人产生好感的人。

只可惜，落在辛栀眼里，只觉他虚情假意。

"阿栀，别走神。"姜逾年突然在她耳畔低喃，嘴角的弧度扬起，"阿栀你在想什么？"

辛栀眼也不眨就答："在想你教的舞步呢。我这人脑子笨，不仔细想想……"她停了两秒，"是想不明白其中的原理的。"

姜逾年倏地一笑："简单的舞步而已，没什么道理可言。"

"跳舞是没什么道理，你来这里就不一定了。"辛栀收了笑容。

姜逾年一静，随即笑了笑："我真是不明白，阿栀你为什么这么在意我的一举一动，有这个工夫，你怎么不多留意留意你身旁的人？"

他搂着辛栀一个旋身，渐渐离远了舞池的人群。

"你别忘了，他前几年是什么人，杀人不眨眼，说谎成性。你怎么知道，他对你说的哪句话是真，哪句话是假？你就真这么信任他不成？"姜逾年缓缓道。

辛栀微微挑眉："姜先生这么替我考虑，我真是受宠若惊。只不过吧，我这个人性子古怪，别人越在我面前挑拨离间，我越不爱听。"

见辛栀直接戳破他的意图，姜逾年也不生气，而是倏地低笑，掩藏在金丝眼镜下的眼里暗含某种不可言说的情绪，他压低嗓音："阿栀还是这么性子直爽。"

"只是，你真的确定，向沉誉是完全清白的吗？"他说。

辛栀一静。

不等辛栀回复，姜逾年便松了手，他表情淡下来，客套道："不好意思，辛小姐，我还有急事，就不作陪了。"

他转身和一个黑衣保镖耳语几句，不再看辛栀，正欲离开。

辛栀两步行至他身旁："正巧，我也有急事。"

姜逾年盯着她看了会儿，蓦地一笑，也不阻止她："请便。"

跟着姜逾年，一路畅通无阻地离开了酒会。

姜逾年果然知道了些什么，也猜到了他们此行的意图，毫不避讳地当着辛栀的面按下了楼层按钮。

当切切实实来到这间包厢门口时，辛栀脚步一滞。

这里很安静，走廊上一个人都没有。她下意识地觉得不对劲，不等姜逾年说话便直接推开门走了进去。

震耳欲聋的伴奏声撞入耳朵里，眼前看到的一幕让辛栀微微变色。

里头的陈设和普通 KTV 包厢很像，只不过要更大一些。

此时，包厢里只有两个人。

向沉誉和一个陌生的长发女人。

那个陌生的长发女人弯腰，将一口烟尽数吹到了向沉誉的脸上，手中话筒递到向沉誉唇边，身体也几乎要完全贴到向沉誉的身上，脸上的笑容暧昧不明。

向沉誉浑身酒气很重，他眉眼不动，平静地望着眼前魅惑到极致的女人。

刚才与辛栀分开后，他便从小智口中听到了关于"肖蔷薇"复活的猜测。紧接着，他亲眼在市长身边见到了环绕于侧的她。

与市长几番周旋，优秀的"喻琛"警官罚了几杯酒后，才在市长揶揄的眼神中，将"肖蔷薇"成功"借"了出来。

仅仅几句话的试探，他就大概知晓了"肖蔷薇"的真实身份。

与此同时，酒劲上头，一股异样的感觉蔓延开来，他心神一凛。

酒里有致幻成分的药物。

他垂下眼睫，嘴角微微一掀，低沉的嗓音自话筒里清晰地传到每个人的耳朵里："滚。"

魅惑女人一愣，没想过居然会有男人拒绝自己的示好。她轻嗤一声站起身，这才不耐烦地望向门口。

她撩了撩头发懒散地翻了翻白眼，视线冷淡地自辛栀和姜逾年身上掠过，像是不认识他们一般，匆匆收回目光，走到了自己的位置上，继续唱歌。

辛栀原本满腔怒气，在看清她模样的那一刻，转变为巨大的震惊。

纵使里头光线很暗，纵使那魅惑女人妆容很浓，但她还是一眼就认出，那女人和六年前死掉的肖蔷薇长得一模一样。

她从档案上看过肖蔷薇的照片，不会看错。

姜逾年显然也非常震惊，他脸色由白转青，冷笑一声，完全抑制不住自己的愤怒，大步朝"肖蔷薇"走过去。

他在"肖蔷薇"惊愕的神情中突然伸手扼住她的喉咙，从喉咙里挤出冰冷的几个字："你没死？"

"肖蔷薇"好似根本就听不懂他这句话，知道眼前这人不是在同她开玩笑，她惊慌失措地奋力挣扎，试图掰开他的手："先生，你认错人了吧？"

姜逾年完全不在乎她的反抗，他眼神阴鸷，冷笑一声："你还活着，我爸却因你而死，你说，你是不是该死？是不是该死？"

"肖蔷薇"拼命摇头，她怎么会承认自己该死？她见完全说不动姜逾年，便将求助的目光投向沙发上那个一脸漠然的男人，祈求他能开口帮一帮自己。

向沉誉还未有反应，辛栀便已大步上前拉开了冲动的姜逾年："姜逾年，你别冲动！她不可能是肖蔷薇！"

吼完之后，见两人各怀心思的惊诧目光朝她投来，辛栀逼迫自己快速冷静下来。

不对，这情况有些不对劲。

肖蔷薇的死亡报告她看过，肖蔷薇的的确确已经死了，不存在死而复生这回事，而且，肖蔷薇是独生子女，并没有姐妹。

眼前这个人不可能是肖蔷薇，也不可能是肖蔷薇的姐妹。

而姜延死之前再度出现在这里，想必也是知晓眼前这个"肖蔷薇"的存在的。不论真相究竟是什么，想要获知内幕，这个"肖蔷薇"都是目前唯一的突破口。

所以，她绝对不能出事。

姜逾年微微一怔，显然也回过神来了。他慢慢松了手，活动了下手腕，神情缓和，眯着眼上下打量眼前咳嗽连连的"肖蔷薇"，不肯错过她脸上任何一丝细微的表情。

辛栀正打算去扶"肖蔷薇"，却被她不领情地挥开，遂耸耸肩退开一步。

"肖蔷薇"的脸色缓和下来，尤其在听辛栀喊出姜逾年的名字后。

她在深夜俱乐部见过不少大人物，早已习以为常，但姜逾年不同，他是世界级的一流画师，他的作品连上流社会的人都趋之若鹜。

思及此，她脸上重新挂上谄媚的笑容，嗓音甜美得好似刚才的一切都没有发生过一样："姜先生可是认错人了？我是这间包厢里的驻唱歌手，大家都叫我玫瑰。姜先生要是不介意的话，也可以叫我一声玫瑰。"

"玫瑰？"不等姜逾年说话，辛栀便"扑哧"一声笑出声来。

蔷薇，玫瑰。

相似的名字加上几乎别无二致的容貌，真的很难让人信服她与"肖蔷薇"，与接二连三发生的事件毫无联系。

玫瑰脸色一变，冲辛栀露出一个很不屑的表情："笑什么？

有什么好笑的？"

　　就在这一瞬，辛栀突然明白自己为什么第一反应就是她不是肖蔷薇了。

　　两种完全不同的气质，这个玫瑰完全没有照片上那份独属于肖蔷薇的气质。

　　一直坐在沙发上沉默不语的向沉誉站起身，他明明浑身酒气，眼神却异常清醒。

　　他关掉了兀自唱得欢的音乐。

　　嘈杂的声音消失的刹那，他缓缓开口："说吧，你这张脸——"他视线冷漠地落在玫瑰身上，嘴角微微上扬的弧度充满讽刺，"是怎么来的？"

　　玫瑰明显僵了一瞬，看着这个上一秒醉醺醺的男人此刻森冷的气场，下意识打了个寒战，然后一咬牙又扬起笑脸佯装嗔怪道："先生你说什么呢？我怎么听不懂？"

　　"听不懂啊？"辛栀接话，努努嘴，打开手机几下翻找，找出一张"肖蔷薇"的照片来，明晃晃地摆在玫瑰眼前，"真是巧，你和照片里这位六年前的死者长得一模一样呢。"

　　她刻意加重了"死者"二字："不知道，深夜俱乐部的玫瑰小姐，和六年前死亡的同样在深夜俱乐部驻唱的肖蔷薇小姐，是什么关系？"

　　看清照片里的女人的模样后，玫瑰的脸红一阵白一阵，终于不再死撑，嗫嚅道："是，我是整成这副样子的。"

果然。

辛栀心底松了口气，与向沉誉对视了一眼。见他浑身酒气，脚步也略有些虚浮，她不禁有一瞬的担忧，但向沉誉面容依旧沉稳，一如往昔，于是这担忧转瞬即逝，她重新将全部注意力放在了眼前的玫瑰身上。

近距离仔细打量玫瑰的脸，见她的确面部肌肉有些僵硬，并不是那么自然。

玫瑰有些烦躁地嗤了一声，伸手挡了下脸，眼神躲闪不愿辛栀这么近距离观察她。

姜逾年则抱胸轻笑一声，全部神情掩藏在阴影之中，也不知究竟信不信她这番说辞。

"整容？特意整容成别人的样子？"辛栀问。

玫瑰翻了翻眼皮："真是麻烦，哪个女人愿意承认自己整容了？我坦荡承认了，难道还是骗你们不成？"

看样子，玫瑰对自己这张脸并不是很满意，细长的眉毛皱起来。她摸着脸嫌恶道："是三四年前，一位大老板花钱给我整的，我本来就长得好看，怎么可能无缘无故整成这副样子？"

"哦？"辛栀来了兴趣。

玫瑰好似突然想起什么有趣的事情一般，掩唇一笑："说起来好笑，前段时间还有位先生，也是将我认成了肖蔷薇，他见了我又惊又笑，连声追问我为什么还活着。我还从没见过这么执着的客人，先前即便有人将我认成肖蔷薇，也只需我随口解释一句只是模样相似便也就信了，可他却疯了一样死咬着我就是肖蔷薇。"

辛栀心里微微震动，隐隐猜出了她口中这位先生的身份——姜延。

听了玫瑰这番话，姜逾年好似也意识到了这个。他脸色发白，猛地抬眼牢牢盯住玫瑰的脸。

他的表情变化，被对面沉默的向沉誉尽数收入眼底。

"你怎么说？"

"当然是承认呗。"玫瑰耸肩，"左右对我又没有坏处，而且，那位先生前前后后送了不少礼物给我，只说让我帮他一个忙。"

深夜俱乐部的服务员换了一批又一批，根本没有人将区区一个肖蔷薇的死放在眼里，于是玫瑰便一直安然无恙地顶着这张脸在这里驻唱。

辛栀瞬间警惕："什么忙？"

玫瑰瞟了眼时间，敷衍地打了个哈欠，俨然打算回避这个问题："好了好了，今天就到这里了，我累了，你们有什么疑问，下次再说吧。"

"下次再说？"见她欲往外走，辛栀似笑非笑地拦住她，慢吞吞地从贴身小包里掏出警官证，"抱歉，恐怕你不回答完我的问题，不能离开了。"

玫瑰神情骤变，泄气地翻了个大白眼。

警察审讯，无关人等并没有资格旁听，姜逾年也不强留，好似已经受够了里头的古怪气氛，不等向沉誉、辛栀出声提醒，便自顾自地提步走了出去。

见状，向沉誉也前后脚向门外走去。

经过辛栀身旁时，他脚步停了停，侧头看着她的侧脸，手扶在她肩头，微微用力——你一个人可以吗？

辛栀了然，也微笑着伸手按住他的手——放心，审讯嘛，我很拿手。

姜逾年正在和门外的服务员说话，余光瞥见向沉誉出门的身影，他一顿，轻笑一声拿起服务员手中托盘上的两杯酒，将其中一杯朝向沉誉一递："这么大晚上还出来查案，喻警官辛苦了。"他语气恳切，说得情真意切。

向沉誉接过酒，却没有喝。

"你怎么会来这里？"向沉誉单刀直入问。

姜逾年晃了晃酒杯："就像你有你的关系网一样，我自然有我的渠道。"

"哦？什么渠道？"

"向沉誉，该告诉你的我已经都告诉你了。"姜逾年笑笑。

向沉誉并没有笑，他垂下眼睫，手指摩挲着酒杯："你的意思是，还有不该告诉我的？"

姜逾年笑容渐深，没回话，自顾自地与向沉誉碰杯，随即仰头抿了一口酒。

十分钟前那个不理智的他已经完全恢复过来了。他望着向沉誉浅笑："总之，你要明白，我和你的目的是一致的，这就够了。"

向沉誉静了一瞬，说："姜逾年，你该明白，这里面牵扯太深，并不仅仅是一起简单的谋杀案，你没必要隐瞒我。"

姜逾年语气依旧温和："那又如何？我只关心杀我父亲的人是谁，以及六年前陷害我父亲的人又是谁。至于别的，向沉誉，那是你的事，与我无关。"

向沉誉静静望着姜逾年的背影远去，目光逐渐变得幽深。

他没有回包厢，而是随手丢下酒杯，任由暗红的酒液染红了干净到一尘不染的地毯。

然后抬步离开。

此时此刻，整个一楼呈现出与刚才完全不一样的光景——喝酒喝尽兴的男男女女肆无忌惮地搂搂抱抱在一起，市长等人已经不见了人影，这无疑是一场人人心照不宣，糜烂到了极致的属于权贵的盛会。

向沉誉手指紧了紧，一言不发地离开了俱乐部。

包厢里的气氛与外头迥然不同。

辛栀以一个舒服的姿势坐在沙发上，公事公办地问："既然你不愿意说那位大老板让你帮什么忙，那便先说说看，那位大老板为什么要花钱给你整容？"

见左右逃不过了，玫瑰也往沙发里一坐，全身软软地陷了进去。她叼了一根烟在嘴里，点燃，眼里的落寞转瞬即逝："还能是怎样？当然是因为那位大老板喜欢这张脸呗，巧得很，我原本的样貌和这张脸有七分的相似。"

辛栀怎么会听不出玫瑰的意思，十有八九是那位大老板喜欢肖蔷薇，所以以这种病态的方式复制了一个肖蔷薇出来。

辛栀紧绷的神经稍稍放松下来。或许是她多虑了，玫瑰的出现只是一个巧合罢了。

她继续问："那你为什么会心甘情愿整容成这副样子，活在肖蔷薇的阴影下？他包养你？"

像是听了一个笑话，玫瑰哼笑一声吐出一个烟圈懒懒道："还能为什么，当然是为了钱呗。他愿意给我大笔钱，帮我母亲治病，帮我弟弟找工作，有什么不好？唯一的条件就是让我留在这里工作。至于包养……呵，我巴不得他包养我呢，真包养我，岂不比现在驻唱来得轻松？"

她惋惜一般叹了口气，语气里难得地带了一丝迷惘，自语道："其实在这里也没什么不好，工作不累，也没人敢招惹我，不知比以前居无定所的生活好到哪里去了……"

不知怎的，辛栀觉得心底发寒。

从刚才见到玫瑰起，她便觉得包括玫瑰、姜延在内的每个人都是一场冰冷阴谋之中的棋子。玫瑰为何会整容成肖蔷薇的模样，又为何会被特意安置在这里？事实真的仅仅是有位大老板迷恋肖蔷薇这么简单吗？

她甚至忍不住猜测，姜延与玫瑰的相遇，是不是也是精心策划好的呢？

如果真是这样，那幕后之人到底是谁？他的目的究竟是什么？他的一切举动，是否与前后两起凶案有关系呢？

看似明了简单的命案，却涉及了太多太多躲在暗处的势力，越往深处探测，越让人心惊。

"所以，他是谁？"辛栀慎重地问。

玫瑰摇摇头，伸了个懒腰，语气里却情不自禁带了丝崇拜与依恋："我不知道他的名字，他不主动说，我也从没问过，他很少来这里，仔细说起来，我已经差不多一年没和他联系过了……整整一年。"

她笑了笑，觉得自己故意赌气不联系他，等着他来主动联系自己的行为有些可笑。于是，她想了一个喜欢的词来形容他：

"他很神秘。"

辛栀瞬间看穿了她的心理，脸上也忍不住浮起一丝很浅的笑："你喜欢他？"

玫瑰撇撇嘴，也不否认，喃喃道："谁能抗拒一个神秘的男人呢？"

辛栀微怔。

不等辛栀回答，玫瑰便眉眼带笑，目光悠长，好似透过沉默着闪烁的光斑，透过烟雾弥漫的空气，看到了那个人的身影。

她自顾自轻声答："无法抗拒。"

第十章

等案子结束后，我们结婚吧

　　向沉誉派人将深夜俱乐部正门外头的监控全部抽调出来，果不其然，姜延这一个多月的确多次独自一人出入这里。

　　玫瑰在看过姜延的监控录像后，也终于含含糊糊地承认了，那个让她帮一个忙的先生的确就是姜延。

　　凌晨三点。

　　整个俱乐部依旧灯火通明，属于深夜的狂欢才刚刚开始。

　　结束了审讯，辛栀走出深夜俱乐部，便见向沉誉独自坐在车内，单手支颐紧闭双眼，嘴唇有些泛白。

　　昏黄的路灯光透过车窗投在他半边脸上，整个人俊朗得一塌糊涂。

他在等她。

辛栀心头一暖，钻进车内第一句话却是责怪："都醉成这个样子了，怎么不早点回去休息？不必和大家一起等我的。"

坐在驾驶室的小王笑嘻嘻地扭头看了辛栀一眼："辛姐你可算回来了，你都不知道，刚才喻警官一下来，脸色那叫一个难看，吐了好几回了……"

向沉誉蓦地睁眼，冷冷扫了小王一眼。

小王一个哆嗦，赶紧赔着笑补充："嘿嘿……我是说，要是辛姐你再不下来，估计喻警官就打算上去找你了。"

车里暖气很足，一下子驱散了辛栀的寒意，也驱散了满身疲惫。

向沉誉不再理会挤眉弄眼的小王，朝辛栀轻轻弯唇，嗓音低沉："回来了？"

辛栀点头，接过他递上来的厚外套披上。虽然理解他，却还是忍不住埋怨："明明这么久没喝过酒了，还把自己灌成这样，真是不知道爱惜自己……"

向沉誉含笑习惯性地低头吻了吻她的长发，没打算告诉她酒里下了药的事。

刚一靠近她，他便闻到了她身上沾染的烟味，那是玫瑰身上的味道，他的眉头微不可察地一蹙。

"怎么样？"

"玫瑰她虽然并没有说太多有用的东西，但我们此行还是没有白费……"

"怎么样？"向沉誉打断她，漆黑的眼关切地凝视着她，"累不累？"

辛栀微愣，瞟了小王一眼，下一秒就无视了他，往向沉誉怀里一钻，刻意放软了语调，唱叹一声："唔，当然很累呀，我已经迫不及待要躺在我舒服的床上了。"

向沉誉笑了，将她搂了个满怀。

他叮嘱前方的小王："回去吧。"

坐在车里，重新调整好状态，辛栀打开录音笔，将刚才与玫瑰的对话放给向沉誉听。

玫瑰的嗓音有些甜腻："……那位姜延先生每次过来都不说话，只直勾勾地看着我唱歌，怪吓人的，精神状态也看起来不太正常，但好在他从没做过什么不妥的举动，还经常送昂贵的礼物给我，于是我便由着他去咯。"

"所以，他到底是要你帮什么忙？"

"就是承认我是肖蔷薇呗。承认这个对我又没坏处，还能讨他欢心，何乐而不为？"玫瑰笑声欢快。

听完这句，辛栀按下了暂停键，沉默了一会儿。

此时此刻，终于明白姜延出狱后却重翻旧案这一举动的由来，可她却丝毫没有解开谜团的喜悦，只觉心情沉重。

"难怪姜延会留下那封信，想要揭开真相，他定是将玫瑰当成他唯一的救命稻草了。"

向沉誉也点头："穷途末路。"

辛栀觉得，她有些理解那个时候的姜延了——替人顶罪，他是心存不甘的。出狱后，他苦心经营的关系网早已疏远，一手创立的公司一蹶不振，他是绝望的，却因为某种不可言说的原因，他只能忍气吞声接受现实，肖蔷薇人都死了，多说无益。可现在，他却无意中发现"肖蔷薇"并没有死，于是，仅存的理智烟消云散了。

他怎么会甘心自己白白受了这么多年的牢狱之灾呢？

他一方面迫不及待想要所有人知道自己是冤枉的，牢牢将"肖蔷薇"抓在手里，想要洗脱冤屈；一方面又忌惮那个要挟他的人，想着既然出狱了就过好接下来的日子算了。

他陷入了两难的境地。

或许，他自己也没有想清楚究竟是想要怎样的结果，也还没有真正下定决心，是否要真的说开这一切。可惜的是，在手中的关键性证据"肖蔷薇"还没有浮出水面时，他便已经被除掉了。

至于玫瑰，对其中的暗涌毫不知情，便也不在乎顶着"肖蔷薇"的身份活着。如果她知道她要是真帮着姜延出面，头顶上就会悬着一把不知道何时会掉下来的大刀的话，估计她就不会愿意帮这个忙了。

重新按下播放键，录音笔里的对话继续——

辛栀："你怎么会觉得那位大老板喜欢肖蔷薇？"

"他的眼神，他看我的眼神。"玫瑰语调慵懒，一点也听不出悲伤，"他以为我看不出，实际上，我早就明白了，他透过我看到了另一个人。"

"既然你不知道他的身份，为什么你一直叫他大老板？"

玫瑰掩唇笑了一声："有钱人不都喜欢听这个称呼吗？他看起来气宇轩昂，身上穿戴都贵重，怎么不是大老板？"

然后是片刻的静默，随后玫瑰又笑了："记得我与他初遇时，我惹了点小麻烦，在公安局待了很久才出来，一出来就遇到了他，那时的我狼狈得很，也亏他肯照顾我……后来他出资让我整容，让我来深夜俱乐部工作，仔细算起来，我和他总共见了不到十次。他很忙，即便和我见面也是电话不停。他也很低调，每次见面都十分谨慎，好像很担心被人发现……这样神秘的人不是有钱的大老板是什么？"

"哦……对了，我好像有次听他身边的人称呼他为'古先生'还是'顾先生'之类的，不过也可能是我听错了吧……"

……

听到这里，向沉誉眉头一蹙，联想到辛栀刚才身上的烟味，眼神稍稍发生了变化。

辛栀微微侧头望着一直沉默的向沉誉，疑惑道："我实在好奇得很，她身后的大老板究竟是谁。她始终没有说那个大老板的名字，估计是真的不知道……那所谓的古先生顾先生什么的，也可能只是化名罢了。年龄四十岁到五十岁之间，姓名不知，身份不明，对对方的底细一点也不知情，还是有钱能使鬼推磨啊！"

向沉誉轻颔首，语气淡淡："也许，我知道这个人是谁。"

辛栀愣住："是谁？"

向沉誉却没打算立即回答辛栀的问题，而是吐出一口气，往后一仰，阖上双眼靠在了座椅上。他眉宇间染上只会在面对辛栀时才流露的疲倦。

不知是因为那酒，还是因为连续轰炸的信息量。

又或者，是因为他知道了玫瑰背后之人的身份。

辛栀看出向沉誉轻微的情绪波动，便也随着向沉誉靠在了座椅上。见他避而不答，她也乖觉地不再提。

她放松身体，轻轻把头靠在向沉誉的肩膀上。她本有些嫌弃这么重的酒味，可突然又觉得，因为是向沉誉，所以这味道也变得好闻起来了。

"等案子结束后，你有什么打算？"她随口问。

向沉誉不假思索："结婚。"

　　辛栀笑了一声，故意问："和谁？"

　　向沉誉熟稔地牵住她的手，与她十指相扣："和一个明知故问的人。"

　　她脑子里漫无边际，想到哪儿就问："那结婚了之后呢？"

　　向沉誉依然闭着眼，嘴角却满足地微微一挑："阿栀，为我生一个孩子。"

　　辛栀有些愣，她之前从未想过这个问题，老半天才说："那……你喜欢男孩还是女孩？"

　　向沉誉脸上的笑容更深，低沉的嗓音像是在呢喃："只要像你。"

　　前头传来煞风景的"扑哧"一声。

　　辛栀坐起来，透过后视镜警告般瞪了憋笑的小王一眼，小王赶紧调大了车里的音乐声，装作一无所知地专心开车听音乐的样子，以降低自己的存在感。

　　"像你不好吗？"辛栀重又趴回向沉誉身上。

　　向沉誉闻言极缓慢地摇头，声音里含着不常见的柔软："阿栀，我不爱我自己，此生所爱，唯你而已。"

　　辛栀情不自禁地弯唇。

　　"所以我勉强只能接受我们的孩子是一个和你样貌性格皆相似的人。所以，他要像你，他只能像你。"向沉誉说。

　　次日清晨，匆匆洗漱过后，向沉誉和辛栀便动身去了曙光市公安局，与厅长进行了视频会议。

听过录音后，厅长沉默了很久，不知道在想些什么。

向沉誉也不催促他，汇报完案件进展后，便不再说话，而是微微眯眼，视线落在了厅长指间的香烟上。

视频那头烟雾缭绕，厅长掐了烟，对向沉誉赞许地微微颔首："不错，干得好。"

向沉誉不卑不亢："虽然无意中发现了玫瑰这号人物的存在，可对案件的进展来说，并没有太大的帮助。"

厅长点点头，凝眉思索了一阵，说："不着急，能进展到这一步，我相信离破案已经不远了。"

厅长不再继续说，在他人的连声催促下挂掉了视频，他接下来还有好几个会要开。

向沉誉若有所思，视线从屏幕上移开，透过玻璃窗，落在不远处坐在办公桌前的辛栀身上，她正在和几个同事低声讨论着什么。她也很忙，自来到这里后，一刻都没有休息过。

待辛栀进了办公室，向沉誉才眉眼平静地说："多年前厅长还未担任省公安厅厅长一职时，在外便一直以'古源'这名字行动。"

辛栀表情一变，明白了昨晚向沉誉为何突然沉默。

仔细想来，"古"正是厅长胡源的姓氏"胡"拆开来的一半。

通过调查，她已经得知，玫瑰当时惹了麻烦被短暂扣留的地方，也正巧就是胡源所在的辖区。

那么，极有可能玫瑰口中所谓的"古先生"，就是胡源厅长。

厅长，是对向沉誉有知遇之恩的。

如果案子真与胡源厅长有关系，向沉誉定然不愿看到这种局面。

抛开这些人情过往，假设的确就是厅长，那么一切其实都是说得通的。

姜延是厅长的好兄弟，如果真是厅长在背后设计了玫瑰这一角色，目的应该就是让姜延说出事实的真相。只可惜，姜延还没来得及说出更多实质性的东西，便被害身亡。

可如果真的是厅长，他既然知道姜延是无辜的，想要帮助姜延洗脱冤屈，为何要私下行动？

并且事到如今，玫瑰已经浮出水面，他又为何仍然要对案件的主要负责人向沉誉隐瞒一切呢？

辛栀委实想不通。

这仅仅只是推测罢了，其中，是否还有什么隐情不得而知。

辛栀想过无数个人，年龄在四五十岁之间与肖蔷薇有联系的人，甚至连李奉也推测过，却怎么也没料到，居然有可能是胡源，一直催促着他们办案捉拿真凶的厅长。

不论厅长在里头扮演了何种身份，如果他有参与，都让本就复杂的案件越发扑朔迷离起来。

　　了解到这一层关系后，辛栀立刻安排人再度去深夜俱乐部找玫瑰，可到了那儿却得知，玫瑰急匆匆辞去了工作，坐上了离开曙光市的飞机，至于去哪儿，无人知道。

　　事已至此，似乎隐隐证实了向沉誉的这一大胆推测——胡源极大可能就是玫瑰的幕后之人。

　　"要不要追踪她？"辛栀问。

　　向沉誉摇头："不必，她基本不知情，用处并不大。"

　　"要查省公安厅厅长，不是一件容易的事。"辛栀缓缓说出她的担忧。

　　向沉誉起身拉上办公室的窗帘，这才凝视着她："如果不查，更加不容易。"

　　辛栀眼眸一弯，心情放松了一些："也是。"

　　"你怕吗？"向沉誉坐在她身旁，把玩着她的长发。

　　你怕吗？

　　怕如果厅长真的涉及黑暗，我们可能会因为触犯了厅长的利益，而陷入万劫不复之地。

　　辛栀理所当然地点头："我当然怕。"

　　向沉誉手指一顿，却见辛栀倏地一笑："我怕你又想着抛下我一个人去查。"她张牙舞爪凶巴巴的，"我告诉你向沉誉，你想都不要想。"

　　向沉誉一默，嘴角一弯轻轻笑了笑，随即温柔地在她唇边印下一个吻，口中却换了个话题："今天这么早就过来局里，累不累？"

辛栀笑嘻嘻地在他怀里蹭了蹭："还行，勉强算得上精神抖擞、神采奕奕。"

向沉誉手指顺着她的长发停在她的腰上，嗓音压低，听起来颇有些意味深长："哦？确定不要再补个觉了？"

"不用。"

"不用？"

"真不用！"

向沉誉若有所思地道："那你还记得，之前答应过我的事情吗？"

辛栀微怔，下一瞬便脸颊微红，她以为向沉誉在说结婚那件事。

她低头看了眼那枚时刻不离手的戒指，难得害羞道："我当然记得，但现在还早，肯定不能这么急，双方家长总得先见一见。"

闻言，向沉誉抿了抿唇，神情变得颇有些微妙。诚然，他很享受看到辛栀在他面前这副难得羞涩的模样。

他沉默了老半天才说："好，当然得见一见。"

"不过在此之前，我们得先去一趟训练室。"他说。

"哈？"

向沉誉慢条斯理："之前不是说过吗，什么时候打赢我，便准你行动，昨晚是情况特殊才破例的。"

辛栀反应过来，这才明白自己会错意了，她气恼地瞪了眼向沉誉后转身就走。

她边推开门边摩拳擦掌："正好，一肚子不爽今天好好练练手。你可千万别手下留情，要是我真伤了你，你挂了彩什么的，面子上估计就挂不住了。"

向沉誉冷淡地扫了眼办公桌上闪烁不停的手机后，也双手插兜随着辛栀一前一后走了出来，他淡淡说："你放心。"

辛栀冷笑一声，颇有几分咬牙切齿："那就好。"

办公室外的几个同事静了几秒，之后便习以为常地各自忙碌起来。

至于被搁置在办公桌上的手机，不死心地闪烁了几次后，终于安静下来。

上面显示的是一个没有备注的号码，这几天一直不停地拨电话过来。

少顷，手机又振动了一下，显示进了一条短信。

按完发送键，姜青燃捏紧手机捂在胸口，有些晃神。

她的伤口还在隐隐作痛，连起身都困难。她已经在这间病房待几天了，吃喝拉撒都得人帮忙，这一切无一不在向她昭示着她经历了怎样可怕的一幕。

　　一个小时前她伤口突然大出血，吓得医生紧急做了个缝合的小手术。

　　她不由自主地又想起了那时扶住她的那双手，以及那人关切的眼。

　　让她心悸。

　　门口传来推门的声音，姜青燃以为是护士，便看也不看地吩咐："麻烦帮我关一下窗。"

　　那头却迟迟没有反应，她疑惑地扭头看过去，便见姜逾年正倚在门口，要笑不笑地看着她。他刚从市里专门为他举办的画展过来，衣服还没来得及换，额上也有一层薄薄的汗水。

　　姜青燃一愣，心虚地把手机往被子里一塞："哥哥？你不是在画展吗？怎么会有空过来？"

　　姜逾年关好窗，朝她走近："你大出血了怎么不告诉哥哥一声？还是你的主治医师在手术结束后给我打了个电话。"

　　"没什么大碍，"姜青燃说，"可能是睡姿不当引起的，总不好因为这点小事就打扰哥哥，我一个人可以的。"

　　"对哥哥来说，你的事怎么会是小事呢？"姜逾年笑了一声，宠溺地伸手试图和往常一样去捏她的脸颊。

　　姜青燃一愣，咬紧嘴唇稍微侧了下头。

　　姜逾年摸了个空，修长好看的手指顿在了空气中，温柔的神情也瞬间冷却下来。

　　明知自己惹恼了姜逾年，可姜青燃反常地没有主动去安抚他的情绪。

　　她其实是了解姜逾年的，比自己想象的还要了解。

　　她明白，姜逾年想要她接近向沉誉，一方面是他执着于过往，想要借此机会羞辱向沉誉一番；另一方面，又想借助向沉誉找出真相。

　　他迫切地想要知道真相，可内心别扭的他又不愿与向沉誉有太多接触，于是打算让她出面成为他的眼线。他试图让向沉誉怜惜她，倾心于她，将获知的一切都透露给她。

　　并且，他在她面前毫不掩饰他对向沉誉身边那个女人的欣赏和赞美。

　　他极度自信，也极度偏执。

　　可她现在又觉得完全不了解他。

　　他对她的每一次关心都太过虚无缥缈，她从原本的受宠若惊到开始怀疑，眼前这个她喜欢了很多年的人，对她的笑容，以及拥抱着她的温度，是否是真实的。

　　他就这样轻易将她送到向沉誉面前，毫不犹豫。

　　且不说打动向沉誉哪有这么容易，他就这样干脆，又是否有顾及她的感受呢？

　　她越是对比，越是觉得如芒在背。

　　见姜青燃不说话，姜逾年眯起眼轻轻扯了下嘴角，不再刻意维持这份温情。

　　他站起身居高临下地望着姜青燃，眉眼间带了些嘲讽。

　　"怎么？又在给向沉誉发短信？来，让哥哥看看你发了些什么。"他一边温声说着，一边不容反抗地将她的手机夺了过来。轻而易举就解开了手机密码——他的生日。

　　"向先生。"姜逾年含笑扫了姜青燃一眼，见她脸白如纸，笑容便越发加深，他视若无睹地继续念出她的短信内容，"这是我给你发的第三条短信，也不知道你能不能看到——"

　　他还未念完，姜青燃便飞快地伸出手试图来夺手机，而姜逾年不躲不避任由她抓紧他的手腕。

　　他抬眸，冷眼看着姜青燃固执中带着哀求的眼神。

　　僵持了几秒后，姜逾年微微一笑，轻轻巧巧松了手。

　　姜青燃松了口气，低着头将手机塞到了枕头下面。

　　他扶了扶眼镜，柔声说："好了，燃燃，别耍小性子了，我知道你都是为了哥哥好。"

　　姜青燃咬紧嘴唇没说话。

　　"不过，你打了这么多次电话发了这么多次短信，他都没搭理过，倒是比我想象的更加狠心肠。"他意味深长地说。

　　姜青燃勉强笑了笑，掩饰住自己心头的挫败感："没关系，哥哥你相信我，我不会轻易……"

　　"我当然相信你。"

　　姜逾年缓缓地捏紧她的手，笑得别有深意："只是，你是不是忘了一件事？"

　　姜青燃怔忪，不由自主地陷入他的眼神中："什么事？"

　　"足以让他心甘情愿的事。"

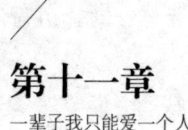

第十一章

一辈子我只能爱一个人

接下来的时间里，曙光市专案组一直有条不紊地分工配合，依据获得的全部线索一一排查。

虽然进度无比缓慢，却也不是一无所获。

要查胡源的行踪非常难，只能顺藤摸瓜沿着玫瑰和深夜俱乐部这条线索往下查，可越查，结果越让人心惊——

所有人都不曾想到，六年前肖蔷薇死亡那晚，胡源也曾在深夜俱乐部出现过。

凌晨收到的匿名快递里，是一段之前从未见过的断断续续的监控视频，它止好记录了那天晚上胡源出现的身影。

这视频来自一个早已被人为销毁的俱乐部对面商铺的监

控，当年排查的时候一无所获，这么多年过去，那个商铺早就不在了。

虽然目前尚不能得知寄快递的人究竟是什么身份，但这段视频无疑给了专案组一条有利的线索。

而且，从新闻上也能查到，那天胡源正好在曙光市有公开活动，直到次日凌晨才离开。

不料刚刚挖出这一线索，还没来得及行动，便突然接到通知，胡源决定卸去省公安厅厅长一职，现已经办完全部手续，今晚便会离开曙光市，返回老家。

匆匆看完这则通知，刚打算动身，辛栀便收到了向沉誉单独发过来的一条信息。

看完信息，辛栀面不改色地抬起头，朝坐在对面的姜逾年微微一笑："不好意思姜先生，局里还有事，恐怕我要先走了。"

姜逾年这段时间约过她很多次，理由千变万化，有时是邀她来参加他的画展，有时是邀她参加他的生日会。每一次都是单独的她，好似完全忘记了她是向沉誉的未婚妻一般，从没有想过要约上向沉誉一起。

辛栀每每都以"没空"拒绝了。

这次之所以赴了这个吃饭的约，也不过是因为那日他突然出现在深夜俱乐部，竟然直接就找到了玫瑰所在的包厢，要说他完全没有线索或者心思，她不相信，所以便应承下来想着探一探他的口风。

　　她好奇便坦坦荡荡地问了，而姜逾年似乎没想过掩饰，也坦荡不避讳地答了。

　　"其实，我爸在被害之前曾跟我提起过深夜俱乐部，他说得含糊，我当时也没放在心上。后来向沉誉找我要两张市长生日会的邀请函时，我才想起这回事。稍一打听，便知道俱乐部里有个叫玫瑰的驻唱歌手，所在的包厢恰好就是之前肖蔷薇的那间。"

　　他笑容温和，语气诚恳："我不过是想着来碰碰运气罢了。"

　　辛栀对"碰运气"这一说法半信半疑。

　　看着服务员将最后一道菜端上桌，姜逾年扫了一眼她的手机，这才说："这家店是我的新产业，就想带你来尝一尝，看是否合你的口味。"

　　辛栀客套地笑了笑："不用了，是不是满足我的口味并不重要。"

　　她再度打开手机，看了眼向沉誉刚才发的信息"聊完没有"。透过这四个字，仿佛都能看见他那张积聚着不满和不耐的脸。

　　她手指飞快地给他回了一条"马上回来"，再附赠一个卖萌的表情包。

　　"抱歉，我真的得走了。"辛栀收起手机。

　　见辛栀起身，姜逾年挥挥手让候在一旁的服务员离开，忽然不急不缓地说："对了，我一个朋友告诉我，向沉誉当时胸口中了一枪，命丧当场。没想到，现在还活得好好的，真是世事难料，也不知道，要是有人将他没死的消息透露出去，会怎么样？"

辛栀一顿。她压抑住怒意重新坐下，望向姜逾年的那一瞬脸上再度挂上了笑："哦？我真是好奇，姜先生是从哪里听来的传言？"

姜逾年眼底漾起调笑："很简单，我曾认识的一个朋友就好那么一口，某次他恰好就是间接与向沉誉进行交易的，他知晓我和向沉誉往日的交情，便跟我提了一嘴，我花了点钱打听了下，发现你也在，那时我还真以为你们两个堕落了。"

他的口气听起来有些可惜："后来说他死了，你也消失得无影无踪，可没想到几个月前你们居然又在希腊出现……傻子都能明白其中的缘由吧？不过你尽管放心，除了我，不会有其他人这么关注他的。"

辛栀面无表情地盯着他。

姜逾年垂下眼睑不再看她，他慢慢切下一小块牛排，轻笑着说："我不会跟任何人透露向沉誉其实是警察，他还没死的事的。同样，我也不会向你们警察透露我朋友的事。"

辛栀察觉出他话语中的威胁，僵硬地翘了翘嘴角："那真是多谢你了。"

"不用客气。"

"只是阿栀，"他放下刀叉，认真地抬眼凝望着她，"之前在毒贩集团，他处心积虑地向上爬，好不容易才爬到毒枭的身边，获得对方的信任……你就这么能肯定，他从没有过别的心思？"

辛栀脸色一冷："你想说什么？"

姜逾年视若无睹，笑了笑继续说："如果当初你没有参与卧底行动，没有见到向沉誉，又或者你没有透露毒贩集团的消息给警方。你有没有想过，只要其中任何一环没有发生，说不定向沉誉并不会重新倒戈到警察这一头？你有没有想过……"他不着痕迹地打量着她的神情，"向沉誉只是看毒枭的大势已去，所以这才将计就计一举推翻他们？毕竟他要真留在大毒枭身边，有钱有势有女人，要什么有什么，岂不快活？"

辛栀静了几秒没说话，随即倏地一笑，眉头一挑语气轻松道："嗨，我还以为你想说什么，原来是这个。"

姜逾年微一抬眉，目光微妙地注视着她。

"你会这么想，其实我觉得很意外。"辛栀说，"我原以为，你只是因为当年的事情恨他而已，你该了解他的。"

姜逾年眼眸一沉："究竟是我不了解他，还是你不了解真正的他？"

辛栀好笑地摇摇头，觉得今日的姜逾年有些不同，比起之前更加咄咄逼人。

她不欲继续说，而是笑容灿烂地指了指桌子上并没动过的几个菜："介不介意我打个包？"

提着两盒盒饭，辛栀推开向沉誉的办公室走进去，正好和刚打算推门出来的小贺、小柳、小王打了个照面。

她的出现，一扫里头沉闷的气氛。小贺、小柳、小王顿时松了一口气，喻琛其人话很少，笑容也很少，他们几个基本只见喻琛警官对辛栀一个人笑过。

偶尔喻琛警官不咸不淡地主动跟他们说点什么，也叫人分辨不出情绪来，委实让他们几个不敢轻易跟他开玩笑——别说开玩笑，连大气都不敢喘。

他们一见辛栀手里的打包盒就两眼放光，小贺说："辛姐这是带了什么好吃的？给喻警官带的吗？好香！"

辛栀把盒饭往身后一藏，瞪了他们一眼，佯怒道："起开起开，想吃自己买去！"

小王戏谑道："哎呀，明明都是同事，辛姐你可真是太偏心了！"

虽然被吐槽，但辛栀还是笑得眉眼弯弯："好了好了，下次请你们吃大餐还不行吗？"

等他们嬉笑着出去，辛栀这才将盒饭一一摊开，放在小茶几上，招呼自她进来视线便胶在她身上的向沉誉过来吃饭。

隔老远一扫打包盒里的菜色，向沉誉就皱起眉："我不爱西餐。"

辛栀凶巴巴地拉着他坐过来"有什么吃什么，不许挑剔！"

向沉誉无奈，却也不再多说，依言坐下。

一边监视着向沉誉吃饭，辛栀一边简单地告诉了他刚才自己和姜逾年的聊天内容。

语毕，她撇撇嘴总结："你辛辛苦苦为了他的事返回国内，反倒成了他要挟你的把柄。你们这么多年的交情，他居然真的认定了你会背叛信仰，背叛警察这一身份，真是可笑。"

向沉誉手指一顿，垂下眼睫语焉不详："嗯，他的确偏执了些。"

"这哪里是偏执了些？明明是极度心理变态！"辛栀吐槽。

闻言，向沉誉轻轻勾唇，任由她发泄心头的不满。

说话间，向沉誉的手机亮了起来，他平静地扫了一眼，并没有接的打算。

辛栀好奇地瞄了一眼，是一个没有备注的电话号码。

"有人给你打电话，你怎么不接？"她问。

"是姜逾年的妹妹。"向沉誉简单地答。

辛栀的脸色顿时变得不好看，她拧着眉质问："你怎么一看号码就知道是她？"

向沉誉静了一瞬，抬眸看着她，眼底漾起了很浅的笑意："我记性很好。"

"那也不行！"辛栀冷哼一声，"不许你记住别的女人的号码，只许记得我的！"

向沉誉失笑。

"那好，"他飞快地说，"我不记得。"

见他漆黑的眼一眨不眨地看着她，语气也很诚恳，辛栀这才勉强弯了弯唇："这还差不多。"一伸手径直挂断了姜青燃的电话，她气恼地翻起向沉誉的手机，"她没事老找你做什么？"

向沉誉随便她翻："不清楚。"

越翻她脸色越是糟糕，姜青燃打过好几个电话发过好几条短信给他。

她一边看短信内容，一边不依不饶地说："明明都好声好气地和她聊过了，怎么还这么阴魂不散？"

向沉誉眉头一动，刚想问她什么时候和姜青燃好声好气地聊过了，便再度收到了辛栀冷飕飕的白眼。

"你为什么不拉黑她？"

"还能拉黑？"向沉誉难得困惑地拧紧了眉头。

"……"

干脆利落地将这个号码拉黑后，辛栀长出一口气："好了，这下她再也不能骚扰你了。"

虽然如此，辛栀心底还是不痛快，只要一想到有人惦记着向沉誉，她就很不爽。

"她喜欢你！"她说。

向沉誉的嗓音淡淡的，他依旧细嚼慢咽："那又怎样？关我什么事？"

辛栀轻哼："好吧，的确不关你的事，可是——"

她不是喜欢姜逾年的吗？

话还没出口，就听到他不急不缓地说："一辈子我只能爱一个人，有了你便再不能容忍其他人。她是什么想法，不关我的事，也不关你的事。"

辛栀一愣，心一下子软下来。她眨眨眼，眼眸亮晶晶的，笑嘻嘻地说："这话真好听，你要不要再说一遍？再说一遍我就原谅你了。"

"……"

外头有人敲门进来，这个话题和笑闹便中止了。

"喻警官，辛警官，外头有人找你们。"

"找我们？"辛栀看了向沉誉一眼，疑惑，"是什么人？"

"他只说是你们的老熟人。"那敲门的警察答。

"老熟人？"

会议室里，李奉捧着刚泡好的咖啡，一会儿看看向沉誉，一会儿看看辛栀，视线最终落到辛栀指间的戒指上，笑得合不拢嘴。

他风尘仆仆地赶来，衣服上还沾着尚未完全融化的雪，身旁搁着两个大行李箱，显然是刚抵达曙光市。

辛栀视线收回来，不禁好奇地问："李先生怎么会突然回国？是来旅游的？"

"哪有这个工夫来旅游，还不是生意上的事情。"李奉说，"想着你们正好在曙光市，我要去的地方离曙光市也不远，便来看看你们。说起来，我家两个小子可是一直心心念念着你做的饺子。"

辛栀有些不好意思地笑了笑，随即颇有些歉疚道："我们这段时间实在很忙，也没什么时间招待您，这样吧，李先生，我让小贺带您去附近……"

"不用麻烦。"李奉摆摆手，"我就是来看看你们，你们过得好我就安心了，我明天一大早就要走了。"

"是吗……"辛栀瞥了向沉誉一眼，思忖了几秒后说，"那不如这样吧，等我们下了班，今晚好好请您吃顿饭，以后等我们腾出时间了，再去看望您，也算是多谢您前段时间的照顾了。"

李奉笑呵呵地连连点头。

他笑容和煦，待人温和，身材也有些发福，看起来日子过得很是幸福美满。辛栀无法将眼前这个眉眼柔和的中年男人李先生，联想到胡源厅长口中那个花天酒地底子不太干净的李奉身上去。

"李先生，可曾听说了肖蔷薇的事？"向沉誉突然转换话题，直接发问。

闻言，李奉一愣，手中的咖啡纸杯微微一抖，他没料到时隔多年会再度听到这个名字，定了定神才勉强一笑："蔷薇啊……"

"她六年前死了。"向沉誉说。

李奉表情复杂，脸上悔恨和无奈的情绪交织："我知道，我都听胡厅长说了。她是个傻姑娘，性子冲动，认定了什么就不顾一切去做。想必你们也听说了，早些年我血气方刚，争强好胜，干了不少糊涂事，可蔷薇这个傻姑娘却一门心思要跟着我，是我对不住她。她……她无辜被害也怪我。"

辛栀安慰："但如果不是因为您，当年的金融案也不可能顺利破获。"

李奉沉默了一阵，才幽幽叹了一口气说："我都明白，蔷薇她……算了，不说这些了，当年是我做得不对，伤害了我的妻子，也伤害了她。"

这么几句话下来，他眼眶竟然红了红。回想起当年的种种，对他无疑是一种折磨。

"那您可知道肖蔷薇当初为什么会去深夜俱乐部驻唱吗？"向沉誉表情沉静，像是在闲聊一般说起以往的事。

李奉惊讶，表情变得古怪起来，他好似很疑惑向沉誉为什么会问这个问题："怎么？难道胡厅长没跟你们说他和蔷薇之间的关系？"

"说什么？"辛栀疑惑。

"那时候，是胡厅长亲自安排蔷薇去俱乐部的。"

次日，李奉搭上了最早的一趟大巴离开了曙光市，而他的话留给向沉誉和辛栀的震撼，久久回荡。

据李奉回忆，胡源曾和肖蔷薇私下见过几次。以前他以为胡源是因为他的缘故所以对肖蔷薇颇多照拂，后来想想，原因才没有这么简单。

二十年前，金融诈骗案破获后，李奉决心斩断与肖蔷薇之间的联系，好好和家人过日子，便在胡源的帮助下举家搬迁到国外。

他就这么一走了之，总觉得对肖蔷薇过意不去，便在给了她不少生活费后，将她托付给胡源，让胡源替他帮肖蔷薇找一份稳定的工作。

后来他打听过几次，才知道胡源把肖蔷薇安置在了一家俱乐部。肖蔷薇嗓音条件很好，那家俱乐部也很安全，不会有人欺负她，甚至还有可能从那里找到一个好归宿，他这才渐渐放下心来。

而这些，以及当年肖蔷薇死亡和现在玫瑰贸然顶替肖蔷薇，胡源都对他只字未提。

又是接连好几天的忙碌，两起杀人案已经并案调查。

　　然而，距离姜延的死已经过去一个月了，距离肖蔷薇的死更是过去六年，可破案的前路却依然不明晰，这无疑极大地挫败了他们的积极性。

　　所有的线索都指向不明，甚至在追姜延被害那条线的时候，意外地追查到了胡厅长身上。

　　还有一个从姜青燃口中得知的信息是，姜延在入狱前曾收到一大笔钱，正是这笔钱解了姜家的燃眉之急。很大可能性正是因为这笔钱，姜延才甘心替人顶罪。专案组的人曾仔细查过，从银行流水上看，胡源那段时间多次打钱给姜延，虽然每次数额都不大，但林林总总加起来，勉强算得上是一笔不少的钱了。

　　只是，令人费解的是，如果不是姜延失手杀害的肖蔷薇，那真凶为何要杀肖蔷薇呢？

　　之前因为胡源主动提起他与姜延的关系，又一直积极督促他们破案，再加上他身份使然，与向沉誉亦师亦友，向沉誉极其信任他，即便他身上有疑点，也没有人过多怀疑。

　　可从近来种种情况来看，胡源一方面遮遮掩掩，一方面又催促着向沉誉抓真凶，他的行径前后矛盾，毫无疑问，他隐瞒了太多信息。

　　要么是他因为某种不可言说的原因不得已隐瞒，要么他就是真凶。

　　胡源虽已卸任，但他担任厅长以来功绩累累，即便专案组已经知晓他与本案两位被害者都有着蛛丝马迹的关系，但并没有实锤证明他与其中任何一个的死有关，所以他们只能去深挖细查，看能不能有别的新突破。

而且，新到任的厅长显然没这个耐心耗费大量的人力物力来死磕这两起命案，在他看来，还有更多重案要案等着去破获。

所以，新厅长给专案组下了最后通牒，如果十五天之内再不能抓获杀害姜延的真凶和真正杀害肖蔷薇的真凶的话，专案组就地解散。

一整天的忙碌后，向沉誉和辛栀返回了他们临时居住的公寓。虽说只是临时公寓，却到处是他们生活的气息。

辛栀满身疲惫，趁着烧热水的空当在沙发上眯了会儿，这么一眯便睡了过去，直到热水烧好都没醒来。

向沉誉不忍心这么快叫醒她，便去房里拿床被子给她盖。

刚走到房间门口便接到姜逾年打来的电话。自那日在俱乐部不欢而散后，姜逾年已很长时间没联系他了。

担心说话声吵到辛栀，他掩上房门这才接起电话。

可接起的瞬间，却听到了姜青燃的声音："向三哥。"

她刻意模仿辛栀的嗓音和称呼让向沉誉瞬间眉眼冷却，估计是哪次辛栀这么喊他时，被姜青燃听到了。

他懒得回复，可就在他打算挂掉电话之际，听到了姜青燃的下一句话："哎，向三哥，先别挂，不知道你有没有听说过，你们前公安厅厅长胡源的事情。"

向沉誉一顿。

"我就知道，叫向警官你爱搭不理，叫向先生你也爱搭不理，果然，只有叫向三哥你才会……"

向沉誉蹙眉，冷硬打断："有话直说。"

那头，姜青燃笑了一声："胡源曾有过一个女儿，你知道吧？"

向沉誉瞳孔微微一缩，眉宇间一派冰凉。

下一秒，姜青燃的嗓音清楚地透过手机落在他耳畔，轻轻柔柔的，撩人心弦："我知道你在查胡源，也知道你摸不准他的心思，不知他究竟想做什么，虽然我也不清楚其中缘由，但是……"

"如果我告诉你——"姜青燃的笑容甜美无害，"他的女儿其实没有死，我就是胡源的亲生女儿呢？"

姜青燃轻舒一口气，用商量又势在必得的口吻说："你要不要考虑看看，留在我身边？说不定，可以尽快知道你想要知道的一切呢。"

向沉誉没有答话，脸色冷得厉害。

姜青燃愉悦地笑了笑："向三哥，你可得好好考虑，据我所知，留给你们的时间可不多……"

不等她说完，向沉誉径直挂了电话。

拿着被子走出房间时，辛栀已不在沙发上了，她去洗澡了。

向沉誉笑了笑，将被子重新放了回去。

他在黑暗的客厅里望着落地窗外的景致独自坐了很久，久到辛栀拖拖拉拉洗完澡洗完头发走了出来，他仍坐在原地。

辛栀看到他时，他不知从哪里翻出一瓶红酒，正在自酌自饮。她打了个哈欠，边擦头发，边朝他走过去。

"我洗完了。"她说。

他看着她走近，搁下酒杯顺势搂住她，他眼里倒映着万家灯火，也倒映着她。

他在她湿漉漉的头发上深深吸了一口气。

"嗯。"他沉沉应道。

辛栀有些痒，笑着躲了躲："怎么突然在喝酒？快去洗澡啦，你身上味道这么重。"

向沉誉勾起嘴角，口中回复着"好"，身子却没有动，而是一点点细细地似吻似啃噬着她裸露在睡衣外面的皮肤。

辛栀心底有些异样，却还是笑着说："是不是一天太辛苦了，所以不想洗澡？我告诉你啊，不洗澡我可不会允许你……"

他吻住她的唇，止住她的话语，红酒的香味瞬间充斥了她的味蕾。

　　撩得辛栀也有些心神微荡，她稍稍回神："你怎么了？"

　　向沉誉低低笑了笑，没有回话。

　　他嘴角的弧度迷人得不可思议，良久，才在她耳畔轻声说："阿栀，我们生一个孩子吧。"

第十二章

两个失意人

接下来的几天，辛栀都没有和向沉誉搭过话，两人除了案件上的正常交流外，形同陌路。

专案组的人看在眼里，皆疑惑不已。

向沉誉和辛栀是一对情侣这一事实大家都心知肚明，他俩自来到曙光市公安局起，就一直形影不离，虽然偶尔吵闹，也不过是玩笑般，且很快就会和好如初，从没有像现在这样过。

除了这件事，专案组里还发生了一件事，就是小王离职了。对这一点，向沉誉只轻描淡写地解释了几句，说是因为小王家里出了点急事，所以不能继续参与专案组的工作了。

却有和小王关系不错的专案组以外的同事偷偷透露真相，其实是因为小王曾偷偷卖了几次消息给外界的人，才导致了他被局里开除。

　　小王觉得透露的细枝末节无伤大雅，却不知自己触及了向沉誉的底线。

　　知道真相之后，专案组的同事皆愤怒不已，觉得自己看错了人。

　　就在小王离职的那一天，向沉誉从局里替他和辛栀安置的公寓里搬了出去。他也没打算去找新的房子，而是就近住在办公室里一个单独隔开且不隔音的小隔间里，那里头只能勉强搁下一张床，委实狭窄逼仄。

　　见众人疑惑，他只淡淡说："住这里方便一点。"

　　辛栀对他这一说法也并没有反驳，但大家总觉得原因不该这么简单。

　　还有更加诡异的是，这几天每每到了午休的点，都会有一个模样甜美清纯的女人来找向沉誉，她不仅给向沉誉带了亲手做的午餐便当，还给专案组的全体同事都带了便当。大家原本打算看在辛栀的面子上推掉，可辛栀却并没有多说，还主动接下了那个女人的便当，笑眯眯地夸赞好吃。

　　见她这样，大家才松了口气，以为那女人只是向沉誉的亲戚，便也顺势接下便当。

　　两天后，见气氛依然古怪，小贺小心翼翼地问了那个女人，问她究竟是喻琛警官的什么人，她面露微笑大大方方地答，自己是喻琛警官的女朋友。

她这简单的一句话，震得大家都说不出话来。

她到底是不是喻琛警官的女朋友，他们不知道，他们只知道，在听到这句话后，原本和他们一起有说有笑地吃着饭的辛栀，"不小心"将便当盒丢进了垃圾桶。

他们这才明白，向沉誉与辛栀闹僵的真正原因。

这天，照例开完晨会，在大家收拾东西打算离开会议室时，向沉誉突然出声喊住了辛栀。

他语气冷淡："辛警官，十分钟后到我办公室来一趟。"

他这句话瞬间让会议室的气氛凝固起来，大家互相对视几眼，都不敢当出头鸟。

正在和小贺开玩笑的辛栀一顿，抬眸平静地看了向沉誉一眼。在小贺担忧地以为她要怒而拒绝时，她面露微笑爽快地应了声："好。"

不多不少，刚好十分钟过后，辛栀准时敲了敲向沉誉办公室的门。

不等他说"请进"，她便径直推开门走了进去。

她视线在办公室内一扫，目光一顿，见办公桌前的向沉誉头也不抬，她讥嘲地挑了挑眉。

"喻警官，不好意思，您也知道的，只剩下最后八天了，我们大家都很忙，我等会儿还要出外勤，麻烦长话短说。"辛栀双手抱胸语速飞快。

向沉誉的视线从桌前的电脑屏幕上移开，在辛栀身上凝固了几秒后，他才皱着眉开口："出外勤？我什么时候安排你出外勤了？"

辛栀故作惊讶，耸耸肩说："怎么了？喻警官这几天是不是衣来伸手饭来张口过得太舒坦了，都无心查案了？你前几天不是安排我们几个在法律许可的范围内，用尽一切办法去追查胡源上任厅长以来经手的一切案件和生活中发生的全部点滴吗？光整天坐在这里有什么用，能全部查清楚？"

她随即恍然，笑眼弯弯道："不过也是，这一个星期喻警官基本不出办公室半步，吃喝拉撒都有人伺候，也不知道在忙什么重要的事情，又怎么会知道外面几个同事忙得团团转，每天睡眠时间只有三个小时呢？"

向沉誉蹙着眉沉默了很久才说："你在闹什么？"

辛栀微微睁大眼睛，心底漫起的气恼几乎要让她控制不住。隔了几秒，她轻哼一声，并不诚恳地带着笑容道歉："不好意思，没睡够，心情不太好，还请喻警官大人有大量，不要生气，不要像赶走小王一样赶我出去。"

向沉誉"啪"的一声合上电脑，站起身走到辛栀跟前，微微垂下眼睑看着她。她眼下果然是很重的黑眼圈，是几层粉都掩饰不住的疲惫。

辛栀毫不示弱地站在原地一动不动。

向沉誉眉头微微一动，依然是公事公办的口吻："既然要出外勤，我就长话短说。"

辛栀自嘲地扯了扯嘴角，懒得看他。

"今晚回去收拾好东西，明早跟我出去一趟。"

"去哪里？"

向沉誉微微弯了下嘴角，口中话语依然冷漠："机密。"

"去几天？"

"机密。"

"机密？"辛栀气极反笑，指了指身后，"意思是要瞒着外头的同事单独行动？"

"此次行动不宜人太多。"他简单解释。

辛栀嗤笑一声："什么也不说清楚就行动，你就不担心外头的同事误会什么吗？"

"误会什么？"向沉誉反问。

听他这么直接问了，辛栀反倒扯了扯嘴角："没什么。"

向沉誉定定地看着她，面无表情地问："有问题吗？"

辛栀敷衍地笑笑，一摊手："您是老大，我当然不敢有。"说完，她转身就打算出去。

就在她手指即将要碰到门把手时，身后传来向沉誉很轻的一声："阿栀，不要将生活中的情绪带到工作中来。"

辛栀脚步一停，倏地回头。

她困惑地蹙起眉头："您在说什么呢喻警官？生活中的情绪？我有什么情绪？或者……您是在说几天前，您突然要搬出去，要和我分手这件事吗？"

向沉誉一抿嘴唇："我从没说过这句话。"

"说是没说过，可是，不就是这个意思吗？"辛栀轻轻笑。

辛栀舒了一口气，平复下心绪，自嘲般地说："我原以为，姜逾年是错的，现在想来，是我错了，不是他不了解你，而是我不了解你。"

这话有些狠，本就不和谐的气氛瞬间凝固住。

向沉誉沉默了一阵，抬眼的那一瞬，他原本锐利的眸里带了点戏谑的笑。他嗓音低沉悦耳："你难道之前不了解我是什么样的人吗？这桩案子与胡源有千丝万缕的联系，倘若我真的抓住了胡源的漏洞……"

"我原以为，你是了解我的。"

向沉誉闭口不再继续说，辛栀却明白他的意思。

倘若他抓住了胡源的漏洞，破了这桩牵扯很深、时间久远的案子，自然能得到赏识，升职加薪，一步一步爬到他想要的高度去。

辛栀蓦地一笑，换了个称呼："知道向三哥这么为达目的不择手段，我真是佩服。"

"不择手段？"向沉誉笑了。

"你第一次知道，我是个为达目的不择手段的人吗？"他缓缓地说。

辛栀的心一沉。

突然，办公室小隔间的门被推开，姜青燃从里头走出来，她望着向沉誉自顾自地说："向三哥，你的衣服我都收拾得差不多了，你要不要来看看，还有哪些要带的？"

向沉誉眼眸微沉。

姜青燃好似才看到辛栀的存在一般，停顿了一秒后，脸上浮起很温柔的、丝毫不见敌意挑衅的笑："辛小姐，你也在？"

她恍然，眉眼温柔："你是不是也要和我们一起去？"

辛栀淡漠地瞟了她一眼，好似一点也不意外她在这里。懒得拆穿那小隔间压根不隔音这一事实，也压根没把她刻意强调的"我们"二字放在眼里。

她没打算继续虚情假意和姜青燃搭话，好笑地轻哼一声，直接开门走了出去。

姜青燃也不恼，等她走远了，这才稍稍变了脸色望着向沉誉："你为什么要带上她一起？为什么不跟我商量商量？"

她本以为，这次出门会是他们两个的独处时光。

向沉誉望着辛栀的背影从视线中消失，这才返回办公桌前坐下，他理所当然地说："别的人我不信。"

"不信？"姜青燃不甘心，"你就只信任她不成？"

见向沉誉不搭理她，她放软了语调，委屈地说："可是，之前不是说好是我们两个人一起的吗？我带你去见他，可没说要带她一起。"

"姜小姐，恐怕你搞错了，我们是过去查案的，不是谈情说爱。"

姜青燃气恼地跺脚，却也不好反驳什么。

向沉誉这才得空扫了她一眼，心不在焉地道："你什么时候过来的？"

听他这么问，姜青燃一愣，有些窘迫。她眼神闪了闪，说："没来多久，你们在开会的时候，见没有人我就进来了。"她试探性地打量向沉誉的神色，"你不会生气吧？"

向沉誉没什么反应，并不打算在这个话题上过多停留。

"不要乱动我的东西。"他说。

见他没有生气，姜青燃乖乖甜笑："好。"

"我昨晚又联系他了。"姜青燃邀功似的说。

"之前不是告诉你，后天是我爸爸……"她好似对这个称呼并不太熟悉，还是改了口，"是胡源叔叔五十一岁生辰嘛，我主动联系他说要去给他过生日后，他很高兴，昨晚把他住的地址发给我了。"

　　说着，姜青燃将一个地址递到向沉誉眼前，离曙光市不过一百公里的距离，并不算远。

　　想来可笑，他们怎么也找不到的胡源，就这么轻而易举被姜青燃联系到了。

　　默记好这个地址，向沉誉沉声问："你老往这里跑，姜逾年知道吗？"

　　提起这个名字，姜青燃有些烦闷，收了笑容，轻声说："哥哥当然知道。"

　　向沉誉轻扯嘴角，听起来像是嘲讽："你之前不是说你喜欢……"

　　"没有！"姜青燃快速打断了向沉誉，脸色一阵苍白，"我只是，我之前只是不懂事，误会了自己的情感而已，我和他……我和他只是兄妹之情。"

　　不知道为什么，说完这句，她心里狠狠一酸。想必在姜逾年心中，一直都是这样认为的吧。

　　她丢开这些无谓的乱七八糟的情绪，抬眼看着向沉誉。

　　向沉誉头也不抬，目光专注地盯着电脑屏幕，好似也并未注意到她的注目。

　　整个人俊朗不凡的样子，让她不由得联想起那日他救她的情形。

　　"向三哥，我只喜欢你。"她沉浸在自己的思绪里，低声表白，只觉自己满腔感动。

她不顾自己还未完全好的伤势，每天亲手准备好早中晚餐带来给他，他是不是也会被自己感动？

向沉誉朝她看过来，根本没注意她在说什么，关注点全部在前三个字上。

他眼神霎时变得阴冷，轻勾起半边薄薄的嘴角，语速缓慢地说："我再说最后一次，不要再这么叫我。"

姜青燃一愣，不自觉地打了个寒战，僵了几秒才反应过来。不知怎的，她突然感到一阵杀意，浑身冰凉。她在这个瞬间突然真真切切地意识到，所有的幻想都是不存在的，她与向沉誉，不过是一场交易罢了。

他的深情，他的温柔，只会给另一个人。

姜青燃心底猛地腾起一股愤怒，但很快，这股愤怒被悲哀取代。

每次都是这样，她除了忍耐，没有任何办法。

她牵强地笑了笑，白着脸坚持："那好，不叫这个，那我重新取一个，就只许我一个人称呼的名字好不好？你在外的名字是喻琛……'阿琛'怎么样？正好和你的真名'沉誉'的'沉'的读音很像。"

"随你。"

姜青燃在办公室里待了很久才出来，也不知道跟向沉誉这个历来寡言的人究竟有什么好聊的。

她大早上出现在这里，理所当然地被外头所有人误会了——毕竟向沉誉晚上是住这里的。

那边，辛栀看也不看姜青燃，将刚刚收到一条短信的手机放入包里，然后面不改色地招呼了小贺一声，与他一同离开了办公室。

与姜逾年碰面时，是傍晚六点左右。

姜逾年亲自到辛栀出外勤的银行接的她。一看到她，姜逾年便忍俊不禁地打趣："你这是去工地里搬砖了吗，怎么灰头土脸的？"

辛栀摆摆手作别小贺，上了车，她气都有些喘不上来，接过姜逾年递过来的水，喝了一大口，这才说："别提了，好久没这么东奔西跑过了。"

"这么忙？"

辛栀胡乱擦了把嘴，眼眸弯成月牙状："你不是知道的吗？贿赂警察，打探消息的那个人，不就是你吗？"她拧紧瓶盖，意味不明地勾起嘴角，"害我们失去了一个同事，留给我们的时间本就不多了，现在工作量更大了。"

姜逾年装作没听懂她字里行间的嘲讽，抬手扶了扶眼镜，巧妙地转移了话题："辛苦这么久，饿了吧？想吃点什么？"

"都行。"她敷衍。

姜逾年笑了笑，瞄了眼后视镜里小贺开车离开："怎么，向沉誉没和你一起吗？"

辛栀静了一瞬，脸上再度弥漫起笑意。她睨了姜逾年一眼，再度意味不明地说："你不知道吗？"

姜逾年微一挑眉："知道什么？"

"你的好妹妹姜青燃，她现在好像很喜欢他呢，每天都有说不完的话。"

姜逾年笑容加深："燃燃在我面前从没这么多话过。"说着，他有些可惜地叹息一声，"作为哥哥，现在的我可以说是很嫉妒向沉誉了。"

"不过，"他含笑侧头注视着辛栀，深情款款，"虽然他不能陪着你，但如果你需要的话，我很乐意效劳。"

辛栀摇摇头轻哼一声，没说话。

不知道为什么，明明知道姜逾年刚才的情绪都是装出来的，他并不在意姜青燃，也并不在意自己，他在意的人只有他自己。

辛栀脑海里还是突然蹦出一句话——

两个失意人。

回家时，已经晚上十点了。

姜逾年礼貌地将辛栀送到了楼下，他似乎想要上楼去坐坐，辛栀却装作没懂他的意思，吃饱喝足便打算甩手不理人了。

她告了别，一个人上楼了。

一整天的外勤加逢场作戏，辛栀累极了，她把早已没电的手机拿去充电，自己往沙发上一倒，熟悉的困意漫上来。

刚刚阖上眼，她便猛地惊醒，忽然意识到向沉誉此刻并不在这里。

她苦笑一声，挣扎地爬起来去烧热水。做好一切，她这才放心地瘫倒在沙发上。

不知过了多久，她被冻醒，一看时间，已是深夜三点了。

辛栀慢慢坐起来，揉了揉有些晕晕沉沉的头，发了会儿呆，胡乱猜测着自己是不是着凉了，就着这个问题想了老半天，得不到答案，这才沉默地拖着步子去洗澡。

周遭寂静得可怕，一室冰凉，心仿佛也是空落落的。

洗完澡回了房间，便见床头柜上早已充满电的手机指示灯闪烁不停。

二十五个向沉誉的未接电话。

她舒舒服服地躺在床上，拨了回去。

向沉誉接得很快，他的声音依然清醒，隐隐能听出他对她的担忧："还没睡？"

辛栀清了清嗓子："没呢，刚睡过一觉了。"

话音落，她没忍住打了个喷嚏。

好像真的着凉了，她想。

向沉誉沉默了一阵，沉声叮嘱："不要在沙发上睡觉。"

辛栀笑了笑，乖乖应道："好，我现在正躺在床上呢。"

她觉得肚子有些饿，随手拆了包薯片，塞了一片到嘴里。

"她呢？"她随口问。

"十一点走了。"

辛栀恍然，难怪未接电话是从十一点过一分开始的，每隔十分钟便又拨一个。向沉誉清楚她的手机历来静音，如果她看到了就会接。

"她没有怀疑吧？"

"没有。"

辛栀松口气，无意识地说："那就好。"

她在进向沉誉办公室时就发现了不对劲，想必向沉誉也明白这一点，不用推测就能知道来的人是谁。

于是她心有灵犀地与向沉誉临场发挥了吵架的戏码给姜青燃看。不可否认，那场冷言冷语的吵架，的确有些赌气的成分在，也算是憋屈了一个星期后的一场发泄了。

姜青燃自信能拿捏住向沉誉，却怎么也不会料到，自他们对对方剖白后，向沉誉什么都不会隐瞒辛栀，在那晚便已经告诉辛栀，姜青燃来找他了。不管姜青燃出了什么目的要这样做，这都是一个接近胡源，接近真相的契机，不容他们拒绝。

时间已经不多了，既然已经插手，就势必不能中途放弃。

于是，他们便铤而走险将计就计，顺势大吵了一架。辛栀眼里容不得沙子，更何况那个纠缠向沉誉的对象是她早已出言教训过的姜青燃，于是便让向沉誉搬了出去。

并且她还猜到了姜逾年会见缝插针，因为姜逾年势必要借机扩大他们之间的嫌隙的。

她虽然惊诧胡源的女儿没有死，也惊诧胡源的女儿就是姜青燃，但更惊诧的是，姜青燃居然打算携手向沉誉一起对付自己的亲生父亲，姜青燃就这么讨厌胡源吗？

虽然不知道姜青燃与胡源之间发生了什么，但仔细一想姜延与胡源当时的关系，姜青燃被姜延收养这回事，倒也不算奇怪。以姜延当时的社会地位来看，势必能比一个势单力薄的小警察更能保护姜青燃。姜青燃以养女的身份待在姜家，也更能让胡源无所顾虑地施展拳脚。

胡源与姜延，从那时起，就相互制衡了。

"她没有生气你为什么要带上我一起吗？"辛栀强打着精神开玩笑。

"气又怎么样？"向沉誉一如既往地不将其他人的情绪放在眼里。

辛栀"扑哧"笑出声，这声笑冲淡了从回来起就一直萦绕的烦闷。

　　向沉誉的嗓音清淡低沉，听起来有些遥远："你还好吗？今天还顺利吗？"

　　"嗯，我很好。"辛栀得空瞄了眼自己堆在床头柜上的零食。之前向沉誉在的时候，是不许她吃这么多零食的。现在他暂时不在，但有这么多好吃的陪着她，她应该是很好的，她想。

　　于是她又塞了一片薯片到嘴巴里。

　　"你呢？"她含混不清地问。

　　电话那头，向沉誉轻轻笑了一声："不好。"

　　她瞬间嚼之无味。

　　"你还不睡？"她转移话题。

　　"还不困。"

　　"那，你在做什么？"她问。

　　"吹风。"向沉誉停顿一阵，又低笑着补充，"和想你。"

　　辛栀弯了弯唇："我也是。"

　　不知道为什么，她突然觉得一阵心酸。

　　明明他们彼此相爱，彼此信任，却要因为各种各样的原因被迫分开。年少时，她看了些爱情小说，也幻想着，两个人相爱的话，只要心意相通，不论身处何处相隔多远都没有关系。直到遇见了向沉誉，直到爱上了他，她才发觉，不，不是这样的。

　　既然两个人相爱，就该每分每秒都在一起才对。

经历了长达四年时间向沉誉音信全无，和长达一年时间两人互相折磨后，她再也忍受不了孤单。

她翻了个身，拿被子盖住头，声音闷闷的："那，晚安。"
"晚安，阿栀。"

第十三章

她不是什么小三，她是个警察，如
假包换

胡源居住的地方很偏僻，并没有在遍布高楼大厦的大城市，
而是在一个环境不错空气也很好的小乡村，很适合颐养天年。

这个住处是他新购置的，且挂在亲戚名下，从未录入资料
过，所以前段时间，他们怎么查也查不到。

去的途中，姜青燃一直主动与向沉誉搭话，向沉誉虽不算
热情，却也一直以还算温和的口吻和她有一搭没一搭地交谈。

辛栀则一直没说话，一个人坐在后座睡觉，一方面是因为
她与向沉誉已经"闹翻"了，另一方面，是因为她的头昏沉得
厉害。

昨晚着了凉，早上起来非但没有好转，一量体温有些发烧。

上车前，她去了趟药店，就着水吞了几颗药后便一直在车上睡觉。车子有些颠簸，她却全程毫无所觉，一直到了目的地她才醒来。

他们此番前来并不是以查案的名义，虽然是来探清楚胡源的底细的，却并不打算打草惊蛇，只先问问明白，他究竟为什么突然离职。

预计最迟今晚就能返回，所以辛栀想着忍一忍算了，相比暂时的身体不舒服，还是执行任务比较重要。

她看了眼车窗外，车子停在一栋白色的两层楼房前，看着很简朴。

向沉誉和姜青燃早已下车，正站在不远处聊天。辛栀按了按太阳穴，勉强让自己清醒过来，这才下车。

听到身后的动静，姜青燃像宣誓主权般立马伸手挽住了向沉誉的手臂，扭头冲辛栀笑了笑，关切地问："辛小姐还是身体不舒服吗？"

向沉誉一滞，却没推开。

辛栀暗骂她明知故问，却还是带着笑回复："没关系，睡一觉好多了。"

向沉誉见她脸色泛白，淡淡扫了她一眼，没说话。

铁门外，按了很久的门铃都没人来开门。

姜青燃有些疑惑，她出门匆忙，忘了带手机，便想着借辛栀的手机给胡源打个电话，可奇怪的是，这里并没有信号。

又按了一阵门铃，终于有一个慈眉善目的中年女人跑出来开门。

她自称是胡源聘请的保姆，胡源此时并不在家中，今天早上急匆匆出去了，整个房子里只有胡源瘫痪在床的妻子和她两个人在。

保姆边开门示意他们进去，边解释说："昨天胡先生还说今天有重要的人要来，结果今天早上却急急忙忙出去了，我还以为胡先生已经通知过你们，所以你们不会来了。"

领着他们换了鞋子走进去，保姆指了指楼上："我刚才在给夫人煮粥，现在粥该熬好了，我去看看。胡先生应该不用多久就能回来，你们自便就好。"

辛栀点头："好，您去忙吧。"

姜青燃犹豫了一下，沉默地跟着保姆上了楼。

那个卧病在床吃喝拉撒皆需人照顾的中年女人，终归是她的亲生母亲。

"说起来，你还没有告诉我，姜青燃是什么时候知道自己是胡源的女儿的？"辛栀径直走到沙发前躺下，这沙发的柔软程度，舒服得让她舒了一口气。

向沉誉在她身旁坐下，伸手探向她的额头，见果然有些烫，他蹙起眉头，却还是说："是在姜青燃成年之后才告诉她的。她无法接受自己的亲生父亲就是那个时常会来姜家的胡叔叔，便一直拒绝与他相认。胡厅长告诉她，当初她和她的亲生母亲被绑架时，是姜延出面，花了一大笔钱才将她们偷偷救出来。那时胡厅长的妻子被折磨得奄奄一息，为了保护女儿，不得已，胡厅长只能对外宣称，女儿已死，只救出了妻子一人。"

辛栀认真地想了想，有些感慨："想必，胡厅长也是迫不得已才这样做。"

胡厅长的身份以及他雷厉风行所做的事情，势必让他成为不少人的眼中钉肉中刺，此举实属无奈。

不过从姜青燃的立场来看，亲生父亲明明就在身边，却这么长时间不肯认她，任由她在姜家因为自己的养女身份而自卑，便又有些理解她了。

辛栀叹了口气："真不明白，这些事厅长为什么不直接跟我们说清楚，这些有什么好隐瞒的。"

向沉誉若有所思："除非……"

没聊几句，楼梯处传来动静，姜青燃走了下来。她眼眶有些红，一下楼梯便见辛栀正懒散地坐在沙发上，向沉誉则远远地站在电视柜旁，谁也没说话。

她轻咳一声，掩饰住自己的情绪，笑着走过去挽住向沉誉的手臂，眼神有些闪烁："阿姨说想见见你。"

向沉誉有些意外："见我？"

辛栀瞟了他们一眼，撇撇嘴没说话。

姜青燃小心翼翼带着点祈求继续说："我和阿姨说我有了正在交往的男朋友，阿姨很高兴，所以想见一见你。"

向沉誉沉默了一阵："好。"

姜青燃的眼睛倏地一亮，她笑容扩大，余光扫了眼辛栀后，心满意足地挽着向沉誉再度上了楼。

本就空荡的客厅随着他们脚步声的离去，变得更加寂静。

也许是身体太不舒服，辛栀没由来地心情更加烦躁，她扯着嘴角自嘲地笑笑，百无聊赖地打开手机，却发现还是没信号。

她有些狐疑，还没来得及细想，便听到门外突然传来门铃声。

又有访客至，门铃一声比一声急，似很急切。

左右没人，辛栀只好起身出去，刚走到院子里，便瞧见门外那个不停按门铃的人，居然是李奉，他浑身脏污，和往日体面的样子大不相同。

辛栀全然没料到会在这里遇到李奉，本能地开始提防："李先生，你怎么会在这里？"

刚打开门，李奉就一脸惊恐地拉住了她："辛小姐，你果然在这里，快跟我走！"

辛栀直觉有些不对劲，又说不准是哪里不对劲。她停在原地没有动，目光审视般紧紧盯着李奉："走？去哪里？"

李奉急了，慌慌张张地四下张望了一番，说："你还不明白吗？这是胡源设的局！他是故意引你们来这里的！"

辛栀不解："引我们来这里做什么？这对他有什么好处？"

"因为他已经知道事情败露了！想要杀你们灭口！"

辛栀更加惊疑，退后一步："你怎么会知道这些？"

李奉一咬牙，发狠道："跟你说实话好了。我这次回国就是因为胡源约见，他想继续与我交易，我刚刚也是好不容易才脱身出来，你再不走就来不及了！"

辛栀一愣，皱起眉"你是说，当年的事情果真与他有关系？"

"你仔细想想他与姜延还有肖蔷薇的关系，是他杀了肖蔷薇，然后将全部罪责推到了姜延身上！他是省公安厅厅长，怎么可能因为过失杀人而断送自己的前途？现在，他害怕事情败露而杀死了姜延，这些全都是他一手策划的！"

辛栀心里一"咯噔"，不过她也清醒地知道不能偏信李奉的一己之言，她冷静地提出疑问："他这么做难道不前后矛盾吗？如果真的想害姜延，为什么又要特意弄个玫瑰出来？他完全可以好好安抚姜延，没必要多此一举。如果他真的是真凶的话，为什么要一直催促着我们破案？这对他有什么好处？"

这明显不符合逻辑。

李奉摇头："你不明白，他好大喜功，不满足于现状，那个玫瑰就是他安插在深夜俱乐部的眼线，用来顶替肖蔷薇位置的！肖蔷薇和玫瑰本就长得很相像，不管是玫瑰还是肖蔷薇，都是胡源特意安排的。"

辛栀还是觉得事情有些古怪，她定定望着焦虑的李奉，短暂分析了一下。在她眼里，李奉历来为人和善，没理由欺骗她，他的话可信度明显要比一个疑点重重的原省公安厅厅长大得多。

她冷静地道："好，就算你说的是真的，你先等一下，向沉誉还在里面，我先去喊他出来。"

李奉一脸焦灼地拉住辛栀："来不及了，再不走胡源就回来了。"

辛栀一顿，倏地一笑，挑眉道："正好，我们可以亲手逮捕他。"

李奉觉得不可思议："你疯了吗？你到底清小清楚胡源是什么人？他没几把刷子怎么可能爬到省公安厅厅长的位置？"

"我当然清楚。"

李奉更加急了，额头上冒出汗水来："辛小姐，听我一句劝，咱们赶紧离开吧！"

辛栀心底的怀疑越发扩大，可大脑的晕晕沉沉让她有些无法集中精神。她摇头："我说过了，先去叫向沉誉，即便要走，我们也要一起走。"

李奉有些无奈，眼风四处扫了扫，长叹一口气："好，那我们一起去。"

"也好。"

辛栀边走边说："我还是觉得很不合理，胡厅长怎么会知道今天我和向沉誉都会过来？难道是他和姜青燃联手设局？"

"他知不知道我不清楚，但我知道你今天会过来。"李奉突然意味不明地说。

辛栀愣住，一下子清醒过来，又惊又疑地望向他："你……"

她还没来得及问出口，一阵电流便猛地穿过她的身体，她不敢置信地低下头，恰好看到李奉手中拿着的黑色电击器。

猝不及防之间，她身体一软，耳边是李奉冷冷的声音："不识好歹。"

电光石火间，辛栀突然反应过来，从始至终她一直觉得奇怪的是什么。

她从未和李奉说过她现在所查之案是什么，也从未和他说过玫瑰的事情，他怎么会知道得这么清楚？

除非……

她牢牢盯住二楼窗户的方向，试图呼喊却已经来不及。

下一秒，她便陷入了昏迷之中。

醒来时，辛栀头痛欲裂，她皱紧眉头，挣扎着想坐起来，却发觉双手被绑住了。

绳子的绑法极有技巧，她根本挣脱不了，只好作罢。

这里的温度很低，她手脚都冻得有些僵硬，本身就不舒服，此刻加剧，头晕想吐难受得像是刚坐了十个小时的长途汽车。

　　她身处一个极暗的环境之中，只有一个很高的小窗户向她昭示着现在仍是白天。她可以透过这微小的光，隐约从内部陈设和空中弥漫的灰尘推断出，这里应该是一个废弃的车库。

　　目光向左边移，她突然看到那边坐着一个男人，他一动不动，低垂着头，看不清脸。

　　辛栀吓了一大跳，猛地往后一缩，还没来得开口，那人主动说话了。

　　"辛栀？"微微嘶哑的嗓音。

　　辛栀彻底愣住，隔了好几秒才试探性地开口："厅长？"

　　胡源缓缓抬头，望着她苦笑一声："果然是你。"

　　辛栀有些蒙，几乎要怀疑此刻是在做梦还是现实。

　　"你怎么会在这里？"

　　他们几乎是同时开口。

　　事情的发展完全脱离了她的预计，李奉究竟为什么出现？为什么要绑架她？胡厅长为什么也会被绑架？

　　原本以为是他们先发制人才对，谁能料到事态的发展会突然急转直下呢？

　　像是猜到了她在想什么，胡源长长叹了口气，这声叹气在空荡的空间里显得尤为沉重。

"想必，你们是跟青燃一起过来的吧？我早上特意给她打了电话又发了短信，让她不要来，没想到你们还是来了。"他自嘲地笑了笑。

"青燃她，没出事吧？"他问。

辛栀摇头，顾不上多解释便急急地问："这究竟是怎么回事？您怎么会在这里？"

胡源沉默了一阵，才缓声说："今天凌晨李奉约我见面，他要挟我，要是我不出现，就杀了青燃灭口，他知道了我的住址也知道了青燃会过来。"

辛栀怔住，信息量太大，她一下子没反应过来："李奉要挟你？可他为什么要要挟你？"

胡源别开眼，像是有些不适应自己成为被问话的那一方。

辛栀逼迫自己冷静下来："那好，既然您不愿意说，那麻烦您告诉我，深夜俱乐部的玫瑰是不是您特意安排的？姜延的死到底是怎么回事？还有肖蔷薇，她到底和您是什么关系，她……"

胡源一顿，了然地笑了笑："倒是不知道你们调查的速度这么快。"

辛栀凝眉，只觉胡源的笑意里竟隐隐透着几分欣慰。她头痛道："您能说直接点吗？这些年到底发生了什么？"

"他知道我查到他身上了。"胡源说。

见辛栀愣怔，胡源再度重复："李奉知道我查到他身上了。"

天色渐渐暗下来，他们的交谈一直没有停止。

胡源说，他从始至终都没对她和向沉誉撒过谎，他唯一做的就是隐瞒而已，隐瞒自己知道的部分真相，隐瞒自己的真实目的。

他与姜延的确曾是好兄弟，二十年前，也的确是姜延花钱将姜青燃救了出来，于是他一直对姜延心存感激。因为欠了姜延大人情，便只好对姜延暗地里那些不那么光明的行为选择睁一只眼闭一只眼。

他曾想着，只要他亲手抓捕了金融诈骗案的主犯，姜延就会金盆洗手，也就是这时起，他选择与李奉合作，并且在事后，将李奉送去国外。

可不想，姜延越陷越深。十多年来，姜延东拼西凑勉强能维持公司的运营，可六年前，他已经无力填补欠下的大窟窿。

也就是这时，肖蔷薇意外身死，姜延竟说是自己失手杀死了肖蔷薇。那日过后，姜延的账户里就进了一大笔钱，于是，胡源对姜延的说辞心生怀疑，他反复问过姜延多次，姜延却一口咬定是自己失手杀了肖蔷薇。

知道得越多，辛栀越发觉得扑朔迷离："可您在肖蔷薇死的当晚，也曾去过深夜俱乐部，并且，您也曾多次给姜延打钱。"

胡源一默："你们查到的事倒挺多。"

"对，我那天的确去找过他，不过是为了青燃的事。我离开的时候，蔷薇并没有死。我汇钱给姜延是因为我总不能眼睁睁看着我的好兄弟日渐落魄，他收养了我女儿，我感激他。不过，当晚在俱乐部里，除了肖蔷薇和姜延外，我见到了一个意想不到的人。"

"谁？"

在黑暗中，胡源意味深长地看着她，缓缓吐出一个名字："李奉。"

辛栀一惊，许多不清晰的点逐渐明晰起来。

"难道,李奉就是真正杀害肖蔷薇的真凶？他为什么这么做？"

胡源缓缓点头："我并非在包厢里见到的他，只是在俱乐部卫生间里与他匆匆擦肩而过，而且，姜延一口咬定凶手是自己，案发现场也丝毫没有与李奉相关的证据。这件事之后，我开始怀疑李奉，可他在那晚过后便以线人的身份返回了希腊，且再未回国。我翻来覆去地把所有的蛛丝马迹寻出来推敲，始终找不到和他有关的线索，但我直觉他有问题。"

"整整六年，我一直找不到机会引他回来，直到……姜延出狱。"胡源说。

"所以你安排了玫瑰，有意让姜延以为肖蔷薇没死，亲口说出真凶是谁？"

胡源默认了。

"等等！"辛栀还是觉得不对劲，"既然没有证据证明是李奉所为，你为什么这么笃定是他？而且当年是你安排李奉去希腊，你一直都知道他在希腊……"她心下大震，几乎无法完整地将自己想到的可怕推测说出口。

她定了定神，唇边溢出一丝冷笑："巧的是，你有意将我与向沉誉也送去了希腊，送去了李奉居住的那个小镇。"

胡源倒是直接承认："对，是我有意送你们过去的。因为我知道几个月后，姜延就会出狱，这是最好的机会。"

他从一开始就紧盯了李奉的动向，他有意将要查当年旧案一事直白地摊在李奉面前，有意要逼李奉现身。

辛栀顿悟，却不由得一阵发寒。

有意让他们与李奉接触，再当着李奉的面急召他们回国查案，只要李奉稍微谨慎一点，便能推测出他们回国究竟是为了查什么案。

胡源让向沉誉查案是一个鱼饵，引诱李奉上钩，也是一个转移李奉注意力的幌子，好让他自己躲在暗处追查。

果然，李奉上钩了，回国了。

如果事实真是胡源所说的那样，那么李奉接下来的目标，必然就是现在正在追查这起案件的他们才对。因为他们离真相越近，李奉就越容易暴露，他势必会为了不暴露出来，而采取某种手段。

只是，胡源百密一疏，不知道出于什么原因，李奉居然知道了姜青燃的真实身世，并以此来要挟他。

辛栀无声地笑了，她只觉自己和向沉誉包括整个专案组都像一个巨大的笑话。

没想到心思缜密的向沉誉也被胡源给骗了。

他们所做的一切在胡源眼里都是笑话吧，他根本不在意他们是否一无所获，是否会遭遇不测。

"所以，其实你从始至终都在利用我们吧。"辛栀平静地抬头，眸里闪着执拗的光，"我们都是你的棋子。那么，姜延到底是谁杀的？你究竟为什么盯着李奉，为什么这么在意六年前的案子？"

胡源没说话。

辛栀轻轻挑眉，有意刺激他："哦？我知道了，难道是因为肖蔷薇的死？你为了替她报仇？她到底和你是什么关系？"

她语气讥嘲道："难不成你爱上了肖蔷薇？为了她，狠心利用对你施了大恩的兄弟，就这么急于想查出杀害她的真凶？"

胡源对她的讽刺毫无反应，他别开眼望向那小小的窗口，似陷入了回忆之中。

不知过了多久，他才开口，他脸上虽带着很浅的笑，却像是老了十岁："蔷薇她不是什么小三，也不是什么驻唱歌手。

她从始至终都是一名卧底，和当时的你一样。"

　　辛栀彻底愣住，她脑子里想好的应对一切状况的措辞瞬间灰飞烟灭。

　　"什么？"

　　胡源很轻地叹了口气："她是个警察，如假包换。"

第十四章

死去的她，十九岁的生日愿望是，
二十岁时嫁给她最爱的男人

肖蔷薇十九岁的生日愿望是，在二十岁的时候可以嫁给她最爱的男人。

她最常挂在嘴边的一句话是："警察嘛，风里来雨里去，指不定什么时候就为国捐躯了，当然要及时行乐。"

那时候，刚刚入职省公安厅的胡源总是一本正经阻止她的口无遮拦："别乱说，现在是和平年代，只要你不要太冲动，肯定能活到九十九。"

肖蔷薇笑嘻嘻地跳到胡源背上："我才不要活到九十九呢，活这么久有什么意思？我呀，只要每天活得开心就行，就算只活到三四十岁也无所谓。"

　　胡源早习惯了她无所顾忌的说话方式，轻笑着问："那怎样才算是活得开心？"

　　"当然是你尽早娶我咯！"

　　……

　　那个时候，身着警服的年轻警察和警校里尚未毕业的年轻少女，是一道美丽的风景线。

　　胡源比肖蔷薇年长几岁，工作忙碌并不能时常和肖蔷薇见面。随着接触的案子越来越多越来越深，他的闲暇时间越来越少，甚至有时候忙到一星期都不见人影。

　　肖蔷薇旁敲侧击地打听到胡源在参与一起重大金融诈骗案，如果能顺利破案，他的事业就能前进一大步。

　　可案子却相当棘手，几个月里一直毫无头绪，胡源本就有些心高气傲，遇了挫折更是不愿和她说，他越来越沉默寡言，一心扎在工作里。

　　也就是这时，警校里来了任务，召集几个面生的年轻女孩分别卧底于几个富豪们经常入出的场所，搜集相关案件的证据。

　　这个任务，恰好与胡源参与的案件挂钩，肖蔷薇便悄悄报了名。

　　当胡源知道的时候，第一时间找到肖蔷薇要求她退出，可她却倔强地瞪着他，道："我就是想帮帮你，让我帮帮你好不好？"

见胡源沉默,她便笑着撒娇:"不是说好明年要娶我的吗?你不好好破案升职怎么能娶我呢?"

对啊,只是想帮帮忙而已。

可在胡源好不容易理解她之后,她却遇到了李奉,那个白手起家,从小本买卖做起的小老板,他对她一见钟情。

他对她说,他爱她。他对她说,他已经成家了,但他不爱他的妻子。他对她说,如果她愿意,她可以永远待在他身边。

她原本是拒绝的,可当她看到李奉时常与胡源整日里看的名单上那几个大老板有联系时,她忍不住心动了。

她想,警察嘛,总是要做些牺牲的。

只是简单的喝喝咖啡,看看电影而已。她想,她是不会被李奉的温柔攻势打动的。

当她把自己的想法告诉胡源时,本以为他会全力阻止,她甚至想好了劝说他同意的说辞。可没想到,他只犹豫了一阵,便咬牙答应了她。

人心险恶,李奉不是什么良善之辈,不宜和他太亲近。可李奉同时又是案件的关键人物,她接近李奉,无疑会为他提供不少线索。于是他反复叮嘱,不要给李奉机会做出出格的事情来,千万不能过夜。肖蔷薇满口答应。

可是,即便胡源暗自关注,肖蔷薇小心小心再小心,最后她还是掉入了李奉精心为她设计的局里,她被李奉玷污了。

次日，胡源看到神情恍惚的肖蔷薇时，才悔不当初。

肖蔷薇忍了忍，还是没忍住，她突然大哭，哭得眼睛通红，然后笑嘻嘻地偏头问："哎，胡源！我问你呀，我都当人家小三了，你还愿意娶我吗？"

胡源沉默了很久，还是果断地抱住她："愿意，只要你还愿意嫁给我。"

他知道她是为了他才这样做的。

口头上说着愿意，可想要真正实现，却那么难。

胡源传统的家人在听了肖蔷薇的事情后，绝不允许他跟一个当过小三的女人在一起，即便是为了任务也不可以。不仅如此，还整日催促着他去相亲，甚至提前替他物色了好几个不错的女孩。

工作上的挫折，再加上眼睁睁看着自己心爱的女孩与另一个男人联系，胡源渐渐有些厌倦了，在一次借酒消愁后，他与相亲认识的一个女孩发生了关系。

三个月后，在肖蔷薇二十岁生日的前一天，他歉疚地站在了肖蔷薇面前。他脸色灰白、心如死灰地说："蔷薇，唐觅她怀孕了。"

唐觅是一个他父母满意的女孩，家世好，性格也不错。

肖蔷薇何尝不是心如死灰？但她是多么傲气的一个女孩啊，她才不会死皮赖脸哀求胡源。

于是她泪眼蒙眬地强笑着说："不然算了吧，既然你家里人满意她，你就跟她好好过，我……我想……我们可能没有那么合适……"

一向冷静自持的胡源听了她语无伦次的话，嘴唇白得厉害，他猛地抱住她："蔷薇，我只爱你一个。"

肖蔷薇泪水涟涟地回抱住他："我知道呀，我也是，可是光爱有什么用？我们之间的阻碍太大了……或许我们本就不该在一起，我们不合适……"

短暂的沉默后，胡源的声音低哑得可怕"不然我们私奔吧，什么都别管了，去他的案子！去他的李奉！去他的不合适！"

肖蔷薇一僵，几乎就要开口答应他，但她很快冷静下来。她止住了泪水，缓缓推开他，定定地看着他的眼睛。

"胡源，你是一个警察，我也是一个警察，警察是什么？警察就该为人民，而不是自私自利。我们要对自己的身份负责，既然已经到了这个地步……"她哽咽了一下，"既然无法挽回了，那也只能继续走下去，我会兑现我当初对你的承诺，你也该履行你的职责。"

胡源浑身一震，满眼绝望。

肖蔷薇退后一步，含着泪朝胡源行了一个礼，勉强自己笑得灿烂："胡警官，请指示！"

金融诈骗案过后，肖蔷薇立了功，从实习警察晋升为正式警察。胡源更是立了功，往后的事业更是顺风顺水。

几年后，肖蔷薇在他的示意下，投身深夜俱乐部。

胡源对她说，她虽是卧底但也是警察，而深夜俱乐部蛇龙混杂，各路人马都常出现，喝醉酒最是他们能放松自己的时候，也最适合她为他收集情报。

他在她面前诚恳而无奈地说，既然事已至此，他不可能离婚，可他会一辈子待她好。

她还能指望什么呢。胡源身居要职看似风光无限，可在金融诈骗案破获过程中，他的妻子因他的缘故，卧病在床，吃喝皆需要人伺候，他女儿也被害了。

他自己都过得如此糟糕，她还能奢求什么呢？

谁也不好过，他们的人生都一塌糊涂。

于是，她毫不犹豫就答应了。

左右最爱的人永远也不可能在一起了，她余生唯一所求，就是能以微薄之力为社会做出力所能及的贡献，那也算值得了。

而且最重要的是，虽然不可能成为他的妻子，但她是他身边永远也无法取代的存在了。

她与他相互依存，互惠互利，她是他不可或缺的隐形助手。

于是，她在深夜俱乐部一待就是十多年，这十多年里，好几个不错的男人都对她求过爱，可她却再也没有那份勇敢追爱，为爱不顾一切的勇气了。

直到那一晚。

姜延在她的包厢里设下酒局，她喝得微醺，一个人唱到忘我，压根没有正眼瞧过酒局里来了哪些人。如果不是胡源说姜延是他的兄弟，她这一晚本该休息的。转念一想，胡源在他们交往的那段时间，从未带她见过他的兄弟。

她知道胡源也来了，却懒得抬眼看他。她借着醉意在心里暗骂，臭男人，如果不是因为他，她应该早就过上正常人的日子了吧，何须在这里挣扎呢？

但这想法转瞬即逝，她终究还是舍不得伤他的心。

她暗骂自己，犯贱。

直到——她听到了那个久违的声音。

她想，她这辈子最后一次心动是什么时候呢？大概就是这一刻了。

直到死的那一瞬，她尚不能反应过来，那个人究竟为什么要杀她。

为什么呢？他明明，一直都待她很温柔，连分手离开的话都说得温柔，他当时的的确确是爱她的。

恍惚间，她突然回想起自己当年说过的玩笑话：我呀，只要每天活得开心就行，就算只活到三四十岁也无所谓。

只可惜……她这只活了三十多年的短暂一生，大半的时间都活得不开心。

黑暗的废弃车库里，两个人很久都没有说话。

辛栀已经彻底清醒过来。

她和向沉誉，落入了一个巨大的圈套里。

处心积虑设置这个圈套的，不是姜逾年，不是李奉，而是向沉誉敬之重之的胡厅长。

而他所做的一切，说到底都是为了复仇，替肖蔷薇复仇。

只可惜，他低估了辛栀、向沉誉他们查案的能力，低估了整个专案组查案的能力。

也低估了李奉。

走到这一步，谁也没有料到。

"你们不该来这里。"胡源说。

"我也不想来。"辛栀恹恹地说。

"李奉前几天突然联系到我，让我放弃追查旧案，我假意答应了他，与他周旋。之所以辞职，就是想和他做一个彻底的了断，不料，他还是知道了我的新住址和青燃的身份。"

"他太狡猾，我虽然没有找到他杀害蔷薇的铁证，但这些年来的跟踪取证，我终于查清他一直暗地里进行的勾当。我离开前，在省公安厅留了一份绝密档案，打算让局里的人转交给你们的，里头存放了李奉自出国以来全部的走私证据。他做事谨慎，自己极少露面和亲自参与，贸然收网也只能抓到一些小喽啰。这次你们出去以后，只要回去拿到这份档案，就能将他定罪，这算是我的赔礼。"

他终于查清楚，李奉二十年前之所以愿意转为线人，只不过是为了金蝉脱壳以及有所图谋。李奉不满足于金融诈骗，早想着单干，这些年也一直在逐渐壮大，经他手走私的物品最少也有上百万件。

"既然您早有了这些证据，为什么不直接实施跨境抓捕？"

胡源眼睛微微一眯，良久才说："我想要的，不是他被抓入狱这么简单。"

他想要李奉死。

真是道高一尺魔高一丈，就算胡源处心积虑地部署这么多年，还是被老狐狸李奉给侥幸逃脱。

辛栀冷哼一声："如果您早早跟我们说清楚全部真相，我们也不至于傻乎乎撞上门来，至于出去……"她懒散地扯了扯嘴角，"您是说躺着出去还是被架着出去？"

胡源被她堵得无话可说。

伴随着一阵刺耳声响，车库的卷闸门被打开。

刺眼的强光随即射过来，辛栀不适应地眯了眯眼。

"聊什么呢？"熟悉的声音渐渐靠近。

李奉已经换了一身干净的衣服，他眼神依然和善，笑眯眯地说："辛小姐这么快就醒了？这里找得匆忙，估计没有我在小镇替你找的房子那么舒服，还请辛栀小姐多多担待。"

辛栀眯着眼，嘴角惯性地向上扬起，还有心思开玩笑："其实还不错，要是能再暖和一点就更好了。"

李奉笑得更厉害了，良久，他才收了笑，慢吞吞地说："不知道辛栀小姐是不是安逸日子过久了，所以警惕性大大降低了？"

"是李先生演技好，佩服佩服。"辛栀由衷地夸赞，"只是我很好奇，你把我和胡厅长都带来这里，想要什么？"

"我只想和几位故人叙叙旧而已。"他一眼看穿辛栀的心思，笑道，"别着急，你的情人很快就会来见你。"

"然后呢？神不知鬼不觉地除掉我们？"

李奉轻飘飘地扫了眼沉默的胡源，笑道："辛栀小姐，你未免太看轻我了。"

"说起来，我很好奇，你是怎么找到这里的？怎么会知道我们以及胡厅长的动向的？"辛栀问。

"我是怎么找到这里的？"李奉仍然在笑，眼神倏地变得阴森。

他踱了踱步子，朝身后做了个手势。顿时，一个身影缓缓自李奉身后步入。

昂贵的金丝眼镜架在高挺的鼻梁上，姿态从容而优雅。

姜逾年。

"你？"辛栀心头剧震，忍不住惊呼出声。

她即便再怀疑姜逾年目的不纯，对向沉誉别有心思，也不会想到他居然与李奉勾结在一起。

但转念一想，姜逾年既然和李奉是一伙的，通过姜青燃，他们自然很轻易就能知道他们的一举一动。

她、向沉誉、胡源的动向，早早就被他们掌握了。

好一出螳螂捕蝉，黄雀在后。

姜逾年缓缓地蹲在辛栀面前，温声说："阿栀，你放心，只要你乖乖听话，自然就会没事。"

"自然就会没事？"辛栀轻嗤一声，"可惜，我能活到现在，靠的从不是'听话'二字。"

姜逾年笑容渐深，怜惜地探了探辛栀的额头。

辛栀厌恶地侧头避开了，姜逾年也不气，慢吞吞地瞟了眼她身旁的胡源。盯着胡源看了一会儿，他突然淡淡开口："就是你，杀了我爸？"

辛栀一愣，不知道姜逾年为何会得出这个答案。

纵使胡源对他们隐瞒了这么多事实，她还是不敢相信胡源会杀人，尤其杀的还是他最好的兄弟。

胡源半垂着头，对姜逾年的质问置若罔闻。

"不想承认你亲手杀了你的好兄弟是吗？"姜逾年冷笑，他居高临下地看着胡源，眼神不带一丝温度，"我本来也不想相信，你这些年来帮过我们家很多次，所以我一直很感激你，再加上你是燃燃的生父，我也真心实意地信任你。"

他一顿，仿佛难以忍耐，平静的表情被怒火撕开："在我爸还没出狱前，也是你一直反复跟我说我爸是无辜的。"

他弯腰一把扯住胡源的衣领，眼神阴郁："直到那天我在深夜俱乐部见到了玫瑰，那个和死掉的肖蔷薇长得一模一样的女人，这才终于想通。'肖蔷薇命案'，你明明不是当事人，为什么要处心积虑做这么多事，比我爸还着急？"

见胡源依然没有回答的意思，姜逾年嘲讽地勾起嘴角："恐怕是因为，你根本不是急于想还我爸清白，而是从头到尾都是在利用我爸吧。"

他说："我早该想到，只有你知道我爸的藏身之处。"

胡源很早就知晓了他与向沉誉的关系，于是利用他唆使向沉誉回国。

调查案子以来，根据各种线索和猜测，他好不容易才一点点地拼凑出真相。

前几天李奉辗转找到他时，他与李奉一拍即合，不仅将姜青燃的身份告诉了李奉，还同意帮助李奉设计向沉誉和辛桅。

他不管李奉的目标是什么，他想要的，是胡源死。

既然不能死于法律的制裁，那何不亲自动手取胡源的命？

胡源终于有了反应，轻笑一声："那么，你知道他做过些什么吗？"

这句话无疑是默认了姜延就是他杀的。

难怪凶手任何蛛丝马迹都没有留下，因为犯案的人就是破获过无数大案要案的厅长。他熟知破案的每一个步骤，又怎么会留下可供人指摘的漏洞？

"我一直以为他是受要挟才被迫替李奉顶罪，可直到他出狱，我才明白，他是主动提出替李奉顶罪的，为的不过是可以给他填补漏洞的钱而已。而且，当时不是因为他，蔷薇那晚原本是休息的，根本不会死！"

姜逾年直直地看着他："所以你就要杀我爸？"

胡源好笑地轻嗤一声："见到玫瑰，他以为玫瑰就是蔷薇，他对蔷薇有愧，可他还是犹豫不决，一直不敢说出真相，他不肯说，我也没有办法。只有他死了，借他这条线索重新调查蔷薇的案子。"

胡源说话时，辛栀一直盯着他的眼睛。她在他眼睛里看不到丝毫愧疚，眼底全然是疯狂。为了肖蔷薇做到如此地步，这样的厅长让她感到无比陌生。

当年涉及的每个人，都怀有自己的目的。

不论是胡源、姜延，还是李奉。

没有一个是完全干净的。

门外突然传来急促的刹车声，片刻后，几个黑衣小哥将向沉誉和姜青燃领了进来，显然，这些黑衣小哥都是李奉的帮手。

　　姜青燃一眼便看到了姜逾年，她乖巧地低头站到了他身旁。她能感觉到另一头那道炙热的不敢置信的目光，却没有勇气看过去。

　　"青燃？你……怎么会和他在一起？"那个嗓音无比嘶哑，带着不可控制的颤抖。

　　一直低着头的姜青燃瞬间脸色苍白如纸。

　　"难道……你也觉得我错了？"胡源说。

　　姜逾年冷笑着看着瞬间苍老的胡源。

　　想不到吧？想不到的还多着呢！姜逾年在心底微微一嘲。

　　明明是寒冬，向沉誉的额发却被汗水打湿。他脸色阴沉得厉害，面无表情地扫视了室内一番，最后目光停在了辛栀身上。

　　她看上去一点都不好，只是目光依然倔强。

　　看着这个一刻都不肯放软态度的女孩，他的手指一紧，又松开。

　　辛栀抬眼与他遥遥对视，她弯唇笑了笑示意自己没事。

　　在在场的所有人都陷入各自思索的时候，向沉誉突然哑着嗓子开口，话是对辛栀说的，语气却不怎么高兴："说了我没有下令，不让你单独行动。"

　　辛栀笑了笑，虚弱地说："这不是被逼无奈嘛。"

　　在这种场合，两个人还能旁若无人地撒糖，剩下的几个人明显觉得画风不对。

李奉轻咳一声，打断他们："好了，以后有的是时间聊，当务之急是……"

他话音还未落，突然腰间一松，别在那儿的手枪没了踪影，瞬间，冰冷的枪口对准了他的太阳穴。

李奉对这番变故毫无提防，手中的手电筒啪地掉落在地。

向沉誉缓缓笑了笑，眼眸一暗，手指扣在了扳机上，冷冷地开口："你凭什么觉得，我会听你的？"

身后几个黑衣小哥纷纷掏枪对准了向沉誉，其中一人厉声道："放开！"

气氛瞬间剑拔弩张起来。

李奉抬手，示意身后几个手下不要紧张。他一动不动，丝毫不介意自己的性命就在一线之间。

"当然，你也可以反击，我自认不是你的对手，这样的场面你见得比我多多了，可你想想清楚，你杀了我能得到什么呢？你没有任何我犯罪的证据，反倒自己成了一个杀人犯，想必警方再也不能包庇你了。即便你们逃出去了，你只能和她亡命天涯……想必这种日子，你早就过够了吧？"李奉非常冷静地说。

向沉誉低笑，眸光沉沉："既然你自认为了解我，就该明白，我不在乎杀人。"

"你是不在乎，你手里染过的血可比我多多了，可是……"李奉余光瞟了辛栀一眼，"辛小姐呢？她可愿意继续过那样的日子？"

向沉誉果然沉默了。

李奉笃定地笑了笑，安抚道："只要你按我的话去做，自然可以带着她全身而退。而且，我了解你的，向沉誉，你不会甘心只当一个碌碌无为的警察，你更适合做刺激一些的事情，你该感谢我才是。"他突然压低声音，极快速地说了一句什么。

向沉誉一滞，神色微变。

一直平静地看着事态发展的辛栀从喉咙里溢出一丝轻笑，她垂下眼，懒得再看。

头昏沉得厉害，她勉强打起精神，对李奉说："我愿意过什么样的日子，我自己选择，用不着你出主意。"顿了顿，又转头对向沉誉说，"向三哥，你只管开枪就是，我宁可你干脆点，也不要受人胁迫这么憋屈。出了人命，我和你一起扛。"

听她这么说，向沉誉依旧没有动作。

良久，他缓缓放下了枪。

他望着李奉淡淡开口："说吧，条件。"

第十五章

阿栀，你怀孕了

空气仿佛凝固了好几秒。

胡源忽然笑了起来，笑得老泪纵横。

这一生，这一生啊，就是这么被他自己的算计给毁得彻彻底底的——直到爱人死去再也无法挽回，才明白自己的心意；直到亲生女儿帮别人对付自己，才幡然醒悟。

他之前一次次地对自己说，之所以不早点说出实情，是为了女儿的安危着想。他心里不是不明白，这完全是一个自欺欺人的虚假的幌子。

他无法抵抗内心深处那个真实的他。

因为那起金融诈骗案，他女儿"死"了，他老婆瘫痪在床，这样为国为社会无私奉献的他，无疑能博得巨大的同情心，无疑是晋升道路上的一大助力。

只是现在，一切都成了泡影。

他生命中两个最重要的女人，都离开他了。

辛栀对向沉誉的举动意外极了，她拼命地摇头："向三哥，别答应他！"

向沉誉朝她看过来，眉宇间一派平静。良久，他朝她微微勾起嘴角："没事。"

辛栀觉得心底酸涩难当。

现场明明有三个警察，却全部被李奉控制住，只因李奉清楚每一个人的软肋。胡源的软肋是肖蔷薇和姜青燃，而她与向沉誉则互为对方的软肋。

霎时，李奉的眼神变得狠厉，他嘴边噙着的笑容极冷："想让我放了辛栀，很简单。"

"什么条件？"向沉誉无比清醒。

"想必你没有完全忘记你的'老本行'。"李奉慢悠悠地说。

向沉誉眉眼一冷。

听了李奉这句话，辛栀瞬间意识到了什么。之前向沉誉在贩毒集团卧底，虽然"向沉誉"这个身份已经随着那个集团的剿灭而一起死了，但是这么多年他所掌握的资源和人脉信息，只要他愿意，足以在短时间内拉起一个巨大的新贩毒组织。

辛栀拼命地摇头，冲向沉誉喊："沉誉，别答应他！"

李奉拍了拍向沉誉的肩膀，让他不要这么紧绷："向先生，只要你答应我——"

他凑近向沉誉，压低了声音，用只能他们两个人听到的声音快速说了些什么。

语毕，向沉誉平静地与李奉对视，两个人都从对方眼底看到了森冷的杀意。

向沉誉再度静默地看了辛栀一眼："好，我答应你。"

辛栀一愣，泪水就这么汹涌地冲出眼眶。

未关紧的门缝里吹来一阵夜风，冻得她一个哆嗦，寒意凉到了骨头缝里。

她忽然意识到，李奉此番真实的目标其实是向沉誉。他不过是顺着胡源的计划将计就计，一点点将所有人聚拢在一起。

"替我杀了胡源。"李奉说。

辛栀倏地睁大眼睛，气恼地瞪着李奉："怎么，不敢自己动手？"

"的确，我怕脏了自己的手。"李奉慢吞吞地说，"喻琛警官和辛栀警官追查线索，查到原省公安厅厅长胡源身上，胡源原本就是姜延命案的真凶……胡源恼羞成怒，与喻琛警官发生冲突，意外身死，而喻琛警官和辛栀警官不知所终……你们觉得，这个说法怎么样？"

"无耻！"辛栀咬牙。

向沉誉的嘴角很轻地扬了扬，眼底的讥嘲一闪而过。他缓缓举枪，对准胡源的眉心。

见此情景，李奉愉悦地笑了。

胡源看也不看向沉誉，丝毫不在意自己的生死。他径直望着李奉，突然说："我都要死了，现在你可以告诉我你当年为什么要杀蔷薇了。"

李奉眼神一变："别在我面前提那个贱女人的名字！"

"她是哪里对不起你了？"胡源继续问。

"哪里对不起我了？一个警察在我身边待了这么多年，骗了我这么久，你说她哪里对不起我了？"李奉冷笑，"她一定早早将我的底细告诉你了吧？你引我回来，不就是想抓我？"

自回国以来，他在国内的生意频频被打压，原本打通好的关卡排查也频频出事。

"原来……原来是这样。"胡源怅然失笑，似惋惜似释怀，"你错了，她从没有跟我说过你的事。"

李奉压根不信，嗤笑："你开什么玩笑？"

"我之所以查你，是因为我怀疑蔷薇是你所杀，而非她跟我透露了你的底细。你说得对，她的确是警察，但身为警察她没有履行警察的义务，她明知道你的底细，却从没有告诉过我。

她包庇了你。"

李奉的脸色霎时变得惨白，可他仍然嘴硬："你少胡说八道！要不是她，你会这么死咬着我？"

李奉是在六年前无意中得知肖蔷薇警察的身份的。他一个国内相熟的朋友亲眼见到省公安厅的庆功宴上，肖蔷薇以警察的身份出场，一直和胡源一起。

他觉得自己受到了欺骗，恼羞成怒愤而回国找到肖蔷薇，了结了她的性命。不料，还没来得及脱身，便遇上了刚送完客人独自返回的姜延。

在他起了杀心打算一不做二不休时，姜延主动提出，只要给他一大笔钱，他愿意去顶罪……

于是，一切就从那晚开始大变样。

"我有没有胡说八道，你心里很清楚。蔷薇对你怎么样，你也该比我清楚……"胡源苦笑，"蔷薇她早就爱上你了。"

"你闭嘴！"李奉怒到极点，戴着塑胶白色手套的他，一把夺过向沉誉手中的枪，对准胡源砰砰开了几枪。

在场所有人都始料未及，姜青燃尖叫一声扑身而上，却被姜逾年一把拉住。

身中数枪的胡源歪斜在椅子上，身上的血洞不断地涌出暗红色血液，他的气息越来越微弱。他挣扎着扭过头，视线留恋地投到姜青燃身上，随后，就保持那个姿势，再也不动了。

被姜逾年拉住的姜青燃，突然痛哭着跪倒在地上。

连她自己都感到惊讶，不明白自己为什么会突然做出这样的举动。

前面那个死不瞑目的男人，是她渴望的生父，他以陌生人的身份给了她许多温暖，却独独不愿承认她。

她是恨的。

可是，亲眼看着他死去，看着他在弥留之际眼底透露的不舍和愧疚，那压在她心里沉沉的恨和爱，终于爆发。

枪管还有丝丝缕缕青烟未散，李奉却像没事人一般漠不关心地转身，笑眯眯地对辛栀说："对了，辛小姐，刚才忘了说，恭喜啊！"

辛栀还在震惊中，压根不知道他在恭喜什么。

向沉誉眉眼一沉，当着李奉的面给辛栀解了绑，扶着她慢慢起身。

"你答应他什么了？"辛栀腿脚发软，虚弱地问。

向沉誉搂住她往下滑的身体，并没有回答她的问题，而是蹙眉看着她："我们去医院。"

她全身滚烫，再烧下去后果不堪设想。

李奉慢条斯理地瞟了他一眼，说："向先生，这里可没有医院。"

向沉誉一顿，漆黑的眸平静地望着李奉。

李奉从那一眼中品出狠意，没由来地心里一慌，他咳嗽几声掩饰住，赶紧道："不过你放心，私人医生早就在等着了。"

向沉誉微微颔首。

李奉笑容微妙："接下来就要一起赚钱了，向先生，合作愉快。"

向沉誉捏紧辛栀的手指，把还要挣扎的她暗暗控制在自己怀中："合作愉快。"

像是感应到什么，辛栀不再挣扎。她微微抬头，向沉誉坚毅的下颚就在她头顶，她相信他，他一定是有什么部署，他不可能随随便便被人掣肘。

几人沉默地往外走，外头停着好几辆车，还有好几个警惕地盯着他们的黑衣小哥。

"如果我们合力突围，你有几成把握？"辛栀突然压低嗓音冲向沉誉耳语。

向沉誉一默，目光平静地在外头几个人身上一扫，再推测了一下周围可以利用的工具。

"三成。"他说。

"那好，"辛栀抓紧他的手腕，反复调整呼吸，"胡厅长死前曾告诉我，他在省公安厅留下了一份绝密档案，里头是李奉这些年从事走私的证据。"

向沉誉沉默了一下，点头："好，我知道了。"

"我不要受制于人，我们一起突围出去。"

向沉誉反手抓住她的手，深深望着她："等事情结束了，李奉就不会再来纠缠了。"

辛栀一愣，她明白了，向沉誉不愿意拼死一搏。她有些理解，一贯作风雷厉风行的他为什么会放弃，为什么会同意李奉的条件。

她心一沉，却还是不甘心："可是……"

他们明明是该伸张正义的警察，却被一个杀人犯走私犯束缚了手脚。她从未如此挫败过，只觉心情沉重。

"你现在的身体状况不适合突围，我没有把握能保护……"

"我可以，你信我！我绝对不会拖你的后腿，也不需要你保护。"她以为他在担忧她的身体。

"我当然信你，可是……"向沉誉顿住，脸色沉得可怕，"阿栀，你怀孕了。"

辛栀一滞，突感一阵眩晕，这种紧要关头，显然不是迎接这个消息的好时机。

"所以，我不能冒险。"向沉誉低声。

姜逾年拉着失魂落魄的姜青燃上了一辆车，他的目的达到了，与李奉的交易已经结束，之后的事情与他再无关系了。

姜青燃一直默默地流泪，怔怔地望着窗外，直到听见姜逾年喊她的名字。

姜逾年怜惜地用指腹拭去她眼尾的泪水："舍不得胡源？"

姜青燃缓慢地转头望向他，忽然觉得这张她迷恋的熟悉的面孔变得好陌生。她努力让自己平静，哽咽地问："你为什么要这样做？"

姜逾年扫了一眼驾驶位上开车送他们的陌生男人一眼，面色凝重地说："有话我们回去说，你要相信，哥哥永远不会伤害你的。"

"不会伤害我……"姜青燃泪水涟涟，"那你为什么要瞒着我跟李奉合作？你之前不是说，让我接近向沉誉的目的只是为了从向沉誉那儿套消息吗？你不是说，只要我带着向沉誉去见胡……胡叔叔，向沉誉就能将一切查清楚，然后将胡……绳之以法的吗？我都按照你说的做了，你为什么还……"

她说不下去了。

姜逾年的脸色冷下来："燃燃，你该知道，我要制裁那个杀死我爸的真凶。胡源他不是什么普通人，他原来是厅长，这个身份你以为随随便便就能动得了吗？只有李奉他能满足我。"

"制裁杀死你爸的凶手……然后你就丝毫不顾及那个人是我的爸爸吗？"姜青燃轻声喃喃。

她逼迫自己不再去想胡源死前那悔恨留恋的神情，转而问道："那向沉誉呢？"

姜逾年压下怒火耐心解释："燃燃，这是一场交易，李奉他要向沉誉，而我要胡源的命，就是这么简单。"

姜青燃张了张口，她只觉得眼前的姜逾年看似冷静，实则疯狂到不可思议。

老半天，她才涩声说："哥哥……我都按你说的办了，你帮一帮向沉誉好不好？他会被害死的！"

姜逾年冷笑："帮他？我为什么要帮他？他死不死，关我什么事？"

"因为……因为我好像真的爱上他了。"姜青燃的声音细若蚊蚋。

她话音一落，瞬间，姜逾年的脸色惨白如纸。

过了很久，他才从嗓子眼里挤出一声怪笑来："那我更加无法原谅他。"

向沉誉和辛栀的突然不知所终，让整个曙光市公安局一片哗然。

专案组顺着线索找到了向沉誉、辛栀最后停留的地方，看到的却是胡源的尸体。现场那把要了胡源性命的枪支上，布满了向沉誉的指纹。

胡源对向沉誉而言，是比师父还亲的关系，专案组的人虽然不解向沉誉为什么会这么做，但是作为第一嫌疑人并且已经失踪了的向沉誉，他们还是第一时间发布了追缉令。

李奉把警方发布的追缉令一字一字地读给辛栀听，笑眯眯地给辛栀夹了一筷子菜："你们选择回国就是一个错误，一个天大的错误。"

辛栀不为所动，吃下他夹给自己的菜："是不是错误，我们自有判断。"

李奉抬眼看她："你倒是向着他。"

那晚，她和向沉誉分开。她被蒙住眼，中途转了几趟车，花了很长时间来到这里，她完全不知道这是什么地方。

只知道这里很荒凉，附近有一条几近干涸的小河流，而他们就住在河边的一栋不起眼的老宅子里。老宅子是李奉一个远方亲戚的，是个年逾花甲的老奶奶。

李奉某次带着辛栀在外面散步，笑着感慨："你知道这是哪里吗？这里在二十年前计划着要开发，许多人都在这里投了大笔钱，原住民因为拆迁得了一大笔钱后纷纷搬走了，可一切没开始，便结束了。"

辛栀当时有些心不在焉："所以呢？"

李奉睨她一眼，收了笑容："我二十年前，就是干这个的。"

辛栀这才反应过来，这里应该就是姜延当年投资的房地产项目吧，投入了许多，却竹篮打水一场空。

之后几天，李奉会时不时地告诉她，向沉誉又替他摆平了谁谁谁，向沉誉的手腕简直让他惊叹。

他本以为会在辛栀脸上看到失望和痛苦，可她仍然表情淡漠，和向沉誉十足相像。

次数多了，李奉便失去了兴致。

那个老奶奶，因为这个骗子工程没了后续，得以留下。她成了唯一没有搬走的原住民，无依无靠独自一人住在这里守着老宅，方圆十里，人烟罕至。

李奉在国内的人脉并不多，老奶奶只是他一个远方亲戚，并不知道任何内情，善良且无辜，却成为李奉威胁辛栀的存在。他说只要向沉誉、辛栀一旦有了逃走的心，那这个老奶奶便会被处理掉。

孤独惯了的老奶奶头一次家里这么热闹，她兴高采烈地进城买了一大堆好吃的要做给他们吃。在听说辛栀怀孕了后，她更是时时叮嘱李奉，让他带辛栀去看医生。

李奉带了个私人医生来，私人医生说，辛栀应该是在希腊就有了身孕，因为一回国便投入辛苦的工作中，也没有好好调理，再加上发了一整天的烧，随时面临流产的危险。

也不知道那私人医生究竟给她开了什么药，孩子是暂时保住了，可她的身体却越来越无力，好像一点点地耗干了一样。

向沉誉终于来了，他沉默寡言，只字不提自己这几天做了什么。

辛栀也很乖觉地不问，她不断地暗示自己，她爱的这个男人绝对不可能变节。

　　他拥着辛栀，温柔地一下下地抚摸着她并不明显的腹部，不断地低声重复：阿栀，保护好自己。

　　辛栀瞬间明白。

　　他们势必会经历一场恶战，虽然她不知道恶战会何时到来，也不知道会以怎样惨烈的方式收尾。

　　有时候，她会做噩梦。梦里，向沉誉又变成那个她陌生的样子，他面无表情地举起枪的那一刻，便又是一条生命的流逝。

　　她每每从梦中惊醒，一身涔涔冷汗。

　　她什么都不说，向沉誉也似乎全然明白，他们当年经历过的那些，一直是她的梦魇。

　　于是，他沉默地抱住她，一下一下地抚着她的长发，安抚她来到这里就不曾平静的情绪。

　　辛栀知道，向沉誉暂时在替李奉重新连上境外走私组织这条线，她曾听到过向沉誉和李奉之间只言片语的对话，李奉不满足于走私一些药品物件，他野心更大，想要染指毒品。

　　而这个领域，向沉誉显然是再熟悉不过。

　　"向沉誉"这个身份已不能再浮出水面，"喻琛"的身份又正在被警方通缉，想要做到让李奉满意，他的处境比想象的要更艰难。

和往常一样，吃过饭后，辛栀独自一人在老宅后面的后山溜达，因为附近没有人居住，这里的信号时好时差。当然，这对辛栀而言也没什么用，因为她压根拿不到手机。

她不知道向沉誉的计划是什么，但她知道正是因为她被李奉软禁了，向沉誉才会妥协。可是，她绝不愿意自己成为这样的累赘。

就这样漫无目的地走了好久，天色渐渐暗下来，她终于慢吞吞地往回走。在快走到老宅时，她余光扫到那两个一直跟着她的男人。

李奉人手不够，大部分都出去了，留下的这两个人，既是看守她，也是保护她。

她忍不住轻蔑一笑，放在以前，区区两个男人，她压根不会放在眼里。

可是现在，她不能擅自行动，怕打乱向沉誉的计划，也怕自己的身体再出什么问题。

大门外居然停了一辆车，不是向沉誉来的时候开的那一辆。辛栀心里一沉，她现在对一切突然出现的人和现象都有种下意识的警惕。

车门打开，出来的人让她惊讶地脱口而出："姜青燃？"

姜青燃迎着两个看守辛栀的男人警惕的目光，大方地走过来，亲昵地挽住辛栀的手，嗔怪道："你怀孕了怎么都不告诉我呀？"

辛栀有一瞬间的怔楞，她们的关系什么时候这么好了？直到胳膊上传来姜青燃不动声色的一掐，她瞬间明白，姜青燃有话要说。

辛栀也戏精上身般立刻夸张地冲她翻了一个白眼，伸手捏了捏她的脸，道："我以为你跟了姜逾年过上了好日子就忘记了我呢！"

两个人表现得自然又亲昵，看守辛栀的两个男人真以为是李奉批准的朋友到访，稍微放松了警惕，给了她们一定的空间说话。

姜青燃脸上一直挂着亲密的笑，辛栀看上去也挺放松，远远看去像是两个朋友在叙旧。

姜青燃笑容不改，说出来的话却让辛栀浑身一紧，她说："等下你跟我走！"

辛栀也不动声色，依然是一副叙旧的表情："你怎么找到这里的？"

姜青燃点了一下她的额头，状似嗔怪道："我偷听了哥哥和李奉的电话。"

辛栀不经意地往车里一扫，里头一个人都没有，是姜青燃自己开车来的。

"姜逾年不知道你来了吧？"她说。

姜青燃一默，继而像是听到辛栀说了个笑话般笑得前俯后仰，她的声音带着湿意："我不管他知不知道。"

辛栀亲昵地挽住她，轻声问："怎么走？"

姜青燃瞟了眼不远处一直盯梢的两个人："你换上我的衣服上车走，等你成功脱身以后，你再去找哥哥，哥哥要是知道我在这里，他……他一定会来救我的。"

辛栀叹了口气，果然还是不能太相信姜青燃，这傻姑娘什么都没想好就屁颠屁颠来救她了，搞不好还会坏了向沉誉的事。

她压低嗓音，预备让姜青燃赶紧离开："你先走，我……"

话还没说完，一个戴眼镜的看守的电话响了，他边接脸色边骤然一变，和另一个寸头看守耳语一句后，两个人快步朝辛栀奔来。

寸头看守强硬地拉住辛栀的手臂，把她往停在门口不远处的一辆黑色吉普车那边推："李老板来消息，让我们带你离开。"

辛栀惊疑地与姜青燃对视一眼，看得出姜青燃对这一情况也是蒙的。她挣扎地问："发生什么事了？"

"警察知道我们的位置了。"

第十六章

这辈子最后一次心动是什么时候呢

　　辛栀假借身子行动不便，磨磨蹭蹭就是不肯挪动，捂着肚子"哎哟哎哟"直叫唤，姜青燃不明所以只当她动了胎气也急得团团转。

　　寸头看守一咬牙，干脆扼住辛栀的双手，回头冲眼镜看守道："我把她弄上车，你赶紧去房里把李先生交代的重要东西带上。"

　　辛栀拼命地尖叫挣扎，姜青燃也跟着猛捶寸头看守让他小心点。

　　场面混乱，眼镜看守头疼道："你一个人能搞得定她吗？"

　　寸头看守轻嗤一声，更强力地扼住不断挣扎的辛栀："一个孕妇，有什么守不住的。"

眼镜看守点点头，赶紧跑进宅子里拿东西。

寸头看守一只手掏出枪对准不断挣扎的辛栀，厉声道："还不快给老子进去？"随即又阴狠地瞟向姜青燃，"你也给老子滚进去！"

辛栀突然意识到这是绝佳的机会，她放弃挣扎，貌似被惊吓到的样子瑟缩着往前走。

在即将上车之际，趁寸头看守回头看同伙的间隙，辛栀果断一脚踢向他的手，那枪果然嗖地飞了出去。

寸头看守一愣，气急败坏地朝辛栀扑来。辛栀闪身躲过，在摸到自己小腿处绑着的硬物后，快速做出决定，她冲姜青燃喊："捡枪！"

姜青燃呆了呆，这才慌慌张张地去捡枪。

几番扭打下来，辛栀气喘吁吁，体力上的透支让她逐渐力不从心，当寸头看守掐住她的脖颈时，黑漆漆的枪口已经对准了寸头看守的后脑勺。

辛栀难得愉悦地笑了声："不是说守得住吗？"

刚将寸头看守绑好，便见不远处有一辆黑色轿车匆匆开了过来。

辛栀与姜青燃对视一眼，姜青燃心领神会，在夜色的掩护下，与她一同躲在了车后。

前有不知是谁的黑色轿车，后有那个跑进宅子里不知道做什么的眼镜看守，情况不是太好，辛栀强迫自己冷静下来。

从未经历过这么惊险的一幕，姜青燃惊魂未定："警察来了不是好事吗，为什么要躲？"

辛栀摇头："如果我被警察抓住，不等我解释清楚，向沉誉肯定就被李奉杀人灭口。"她突然一停，淡淡一笑，"也有可能，确认我安全了，然后他们会被向沉誉制住。"

不论是哪种，都不是她想看到的。

"而且，来的应该不是警察吧？"她默默攥紧了枪。向沉誉现在并不在她身边，她必须想尽一切办法自保，不让他分心。

姜青燃一直紧张哆嗦着盯着来的那辆车，隔了几秒，她突然神情一变："来的……的确不是警察。"

姜逾年一打开车门，便见辛栀从吉普车后缓缓站起身。

他脸上一喜，还未来得及喊她，便看到了辛栀身旁的姜青燃。她脸色苍白，身材纤弱，可眼底的倔强却怎么也不能让人忽视。

他一咬牙，顾不上多说，冲她们道："快上车！"

辛栀望着他倏地一笑，不再多问，径直上了他的车。

"是我告诉警方你们藏匿的地址的。"姜逾年对她说，"这是我能想到的最好的救你出来的办法。"

辛栀微怔，怒道："你疯了？你知不知道这样可能会害死向沉誉？"

姜逾年默了一下"你不知道他这几天在帮李奉干什么吗？他居然神不知鬼不觉地处理掉了好几个胡源暗地里布置的正在查李奉走私案的警察。省公安厅里有个警察原本拿着一份关于李奉走私的绝密文件，也被潜入的向沉誉亲手销毁了。这些，都是李奉告诉我的，李奉很赏识他。"

姜青燃不可置信："他怎么会……"

姜逾年嗤笑："做这些事，他得心应手。"

辛栀坚决道："他不会这么做。"

姜逾年扶了扶眼镜："执迷不悟，爱信不信。"

辛栀不想继续关于向沉誉的话题，转而问："你和李奉的合作……"

姜逾年回答："已经结束了。"

姜逾年微不可察地从后视镜里看了姜青燃一眼，笑容散漫"我不想成为第二个胡源。"

辛栀了然。

前方有个分岔路口，一条主路地势开阔，在姜逾年打算直接往来时的主路开去时，辛栀指了指旁边一条不起眼的小路："往这条路走，这是条捷径，出去能省大半时间。"

姜逾年看了眼旁边郁郁葱葱的树林，有些犹豫："你确定车子能从这里进去？"

辛栀笃定道："这是条小路，很少有人知道，警察肯定会走大路，不会走这边。"

她被蒙着眼带到这里的时候，虽然眼睛是看不见的，她却认真地记住了每一个拐角每一个急刹每一个剧烈颠簸和树枝擦过车窗的频率。再加上这几天装作散步时的探查，她已经基本掌握了可以离开的方向。

即便姜逾年不来，她也会想办法离开。

车子刚往小路驶去，身后突然传来巨大的爆炸声，车窗被震得簌簌作响。

回头一看，爆炸的地方正是他们先前离开的老宅子，火光几乎要照亮夜空。

辛栀一下子反应过来，李奉打算销毁全部存在过的痕迹。

她心头一乱："那个老奶奶还在里面。停车！"

姜逾年不可思议地说："你疯了？"

"停车！"她坚决地重复。

姜逾年一咬牙，方向盘一转，车子朝来时的方向疾驶而去。

下车前，辛栀犹豫了一下，还是弯腰将贴身收藏的一支小巧录音笔递给姜逾年，郑重地道："如果我没有回来，你就将这个交给警方。"

见姜逾年惊讶，她解释："这里是李奉犯罪的铁证。"

这是她这几天有意无意地通过和李奉的交谈，留下的记录。

她把刚才夺到的那把枪也丢给姜逾年，挑眉一笑："虽然我对你一向没什么好感，可既然向沉誉他信你，我便也信你一回。你可别辜负了他。"

姜逾年一怔，还没来得及问辛栀这句话是什么意思，便见她飞快地弯腰跑远了。

越接近那栋老宅子，爆炸声便越来越响，李奉显然早早在此布置了多个爆炸点，一见有动静不对便将其引爆销毁。

处处浓烟滚滚，老宅子的东面已彻底坍塌。

辛栀捂着口鼻，紧张地四下张望。那两个看守都不见了，估计早就逃远了。

她凝神摸到了侧门的位置，来不及多想，正打算踹门进去，她的手腕却突然被人抓住。

辛栀心一紧，飞快地弯腰摸出一柄精致贴身的匕首朝身后划过去，身后那人一避，锋利的刀锋划破了他的衬衣。

白色的扣子啪嗒掉在了地上。

明明那一刀极其凶险，身后那人却轻笑了一声。

听见这声轻笑，辛栀一顿，然后抑制不住地欣喜起来，她义无反顾地扑入他怀里。

向沉誉轻轻弯唇："很好，训练还是很有效果的。"

话音刚落，她便看见李奉缓缓自他身后走出，她的笑容渐渐消失。

李奉若有所思地打量着辛栀，视线最终落在了她的小腹上，他笑："不愧是辛小姐，在这种情况下还能面不改色。"

辛栀将手按在小腹上，冷笑："你动静这么大，也不怕遭了报应。"

"这就不需要辛小姐担心了。"李奉对向沉誉冷冷地说，"既然找到人了，我们走吧，警察马上就要来了。国内的路已经铺好，我们也无需继续留下，机票和伪造的证件都安排人准备好了，我们现在立即启程……"

向沉誉没有动。

李奉似笑非笑："向先生，做了这么多事，你不会还想回去当警察吧？你以为，替你做担保人的胡源不在了，公安局还会再次收留你不成？"

"收不收留是他的事，我愿意与否是我的事。"向沉誉说。

李奉失了笑容，意识到事态不对，警惕地退后一步道："你别忘了自己是什么人，你两个身份都已经无法洗白了，我这是在帮你。"

向沉誉不为所动："李先生，你以为我一直留着你的命是为了什么？"

李奉一僵，咬牙狠笑："你以为我答应你回来救辛栀，不会做好万全准备吗？"

"哦？"向沉誉很轻地翘了翘嘴角，他说话的声音沉着如昔，"你指的是在给阿栀吃的东西里下药，还是指安排了不少人守在附近，只要我一有不对劲，就开枪射死我？或许你可以试试，看看他们还在不在这里。"

像是忽然想到什么，向沉誉眉梢一挑："对了，忘了告诉你，在我销毁省公安厅那份绝密文件时，还发现了一封胡源厅长的自首信。"

李奉脸色突变。

在李奉未开始行动之前，向沉誉就已经联合警方做好了一切部署。

明面上他对李奉言听计从，暗地里却布下了天罗地网。不论看管得多紧，他自有他的渠道可以向警方上级汇报，而且对他知根知底的上级并非只有胡源一个，还有已退休的老校长。

一切都在警方的监控下进行，只等借李奉之手挖出更多罪恶，就一网打尽。

虽然姜逾年的报警有些打乱了他的计划，可好在，辛栀没有出事。

李奉终于恍然大悟，他的人打听到警方即将实施对向沉誉的抓捕，却迟迟没见行动，原来是因为，他们早就来了。

"你是不是忘了，我除了当了五年毒贩，还做过什么。"

李奉骤然醒悟，向沉誊当年是卧底，也是个警察。这样一个能在五年内在凶险的贩毒集团里从最底层爬到顶层的人，绝非任人摆布的傀儡。

他们此刻身处火光滔天的暗处，而不远处的黑暗深处不知道隐藏了多少人。

说是要救辛栀，实际也是把他往警察手里送。

李奉看着落在自己身上的狙击枪红点，猛地掏出怀里的枪对准向沉誊，狠道："你！太卑鄙！"

"卑鄙的行为用来对付卑劣的人，再配不过。"向沉誊讥嘲一笑。

李奉冷笑一声，恼怒冲昏了他的头脑，他不管不顾地径直扣动扳机，在向沉誊微微变色，按住辛栀的肩膀打算避开时，一个身影猛地撞入他们的视线。

随着两声闷哼，姜逾年与李奉同时倒地，李奉正中眉心，姜逾年则被打中胸口。

他摇摇晃晃了一下之后，摔倒在地。

辛栀一愣，急急蹲下去扶住他。她简单看了下他的伤势，连声安慰着："没事，没什么大碍，医生马上就过来了……"

姜逾年嘴角很轻地扬了下，还在开玩笑："本想来……帮帮你……没想到遭此无妄之灾……"他一顿，轻松道，"算了，也算是……算是……偿还我做的这一切了……"

辛栀一梗，有些说不出话来。

"你放心……那录音笔……我已经交给青燃了。"他说。

姜逾年深吸一口气，脑海里回想起以前姜青燃对他温柔关切的话语，又回想起刚才姜青燃望向他惧怕失望的眼神。他想起自己当年与向沉誉把酒言欢的那一幕幕，又想起自己冷眼看着胡源死在面前的一幕……

他朝辛栀抬了抬下巴，看也不看向沉誉，神情颇为倨傲："嘿……你刚才……说的那句话是什么意思？"

辛栀一顿，明白了他的意思。

她瞟了眼身旁一言不发看似神情淡漠，实则下颌紧绷，时刻关注远处动静的向沉誉，说："你一开始就明白的不是吗？他是为了谁而冒着生命危险回国？你始终不愿意信他，可是他信你，信你一直是原来那个你。"

姜逾年全身剧震，过了良久，释怀般地笑了笑。

"告诉她，对不起，还有我爱她。"他说。

他不敢说出她的名字，正如他一直不敢承认自己的内心。

全副武装的警察包围了这里，消防车开始救火，李奉的同伙被一一抓捕，姜逾年也被抬上了救护车。

向沉誉缓缓收回目光，他顾及辛栀的身体，打算先送辛栀离开。辛栀脚步一停，满含泪光地望向老宅子尚未完全坍塌的南面，那是老奶奶睡觉的地方。

爆炸声不绝于耳，她泪流满面地喃喃："她每天照顾我，对我很好，我不能就这样放着她不管……"

向沉誉按住她："你在这里等我。"

辛栀一顿："好。"

她喊住他："你还记得我们重新在一起的那个晚上，我们一起看流星雨时我许的愿望吗？"

"记得。"

她笑着说："当时我许的愿望是，希望我与你，相互扶持相互信任，恩爱长久永不分离。"

"就是那个小女孩的祝福语。"

"是，就是那个。"

向沉誉深深看她一眼："好，我知道了。"

他和现场几个警察耳语了几句后，快速地换上消防衣，义无反顾地跑进火场。

刚进去，最后一个爆炸点被引爆，正好是向沉誉刚刚进去的那个位置。

辛栀的心猛地一沉。

一分一秒都是煎熬。

火势惊人，没有人敢再进去了。

辛栀掐着指尖，不允许自己流泪。她信向沉誉，既然他答应过，就一定会做到。

忽然，老宅的南面传来一阵喧闹，一些人纷纷朝那边跑去，警察、消防员、急救人员人影重重，辛栀强迫自己不往绝望处想，但脑海里总是控制不住浮现向沉誉浑身是血的样子，有一股悲怆直冲头顶。

那里火势依然不减，她根本看不到熟悉的身影……

她想飞奔过去，可是腿就像灌满了铅一般沉重，她无法向前，也不敢向前。她灰头土脸，她狼狈不堪，她心情复杂，经历了这么多，她只觉疲惫。

终于，眼泪夺眶而出，迷糊间，有人被簇拥着往她这边走来。

辛栀再也支撑不住，身体一软倒向地面，一双有力的手稳稳接住了她，她听不清他在她耳边说些什么，却觉得一阵心安。

他们的爱情，似乎从一开始就磨难重重。

而这如同烈焰般的遭遇，却也将他们之间的感情炼得无比纯粹和坚固。

也许，这一生从此坦途，家庭幸福，儿女成双。

也许，使命的召唤，又会让他们在下一个故事里浴火重生。

番外一

我要你，非我不可

今天是她和向沉誉正式在一起的第一天。

从答应他起到现在，已经过去整整十五个小时了，辛栀后悔了。

天知道，她明明喜欢的并不是向沉誉这个类型。

以前玩"真心话大冒险"时，她兴冲冲地跟朋友们一点点细数，她喜欢高大英俊性格幽默温暖阳光型的，能逗她开心，和她有共同语言能玩到一块的。

而向沉誉则不同，他这个人性格内敛，有点闷，有点冷漠，不喜欢表达自己。他的生活很规律，不泡吧不抽烟，是一个十足的优秀生。

　　而她，她的周围总是围绕着一大群朋友，熬通宵出去唱歌是常事。再加上从小到大听过无数甜言蜜语见过不少糖衣炮弹，说实话，被追捧得多了，她是有些飘飘然的，总觉得自己一定要找一个特别特别喜欢的人，然后与他共度一生。

　　她很挑剔。

　　可昨天晚上，可能是夜色太美，气氛太微妙，她鬼使神差地答应了向沉誉的追求，还借口太困了，不等他说完便直接跑回了寝室，直到现在才平复下来。

　　她承认，向沉誉那张脸的确足够让她动心，他这样性格的人肯答应她那些乱七八糟的无理要求，一直迁就着她，也很让她感动，可仅仅是一时的动心和一时的感动怎么够？

　　于是，在煎熬了十五个小时后，辛栀做出了决定。

　　既然两个人不合适，就不应该强行在一起。

　　十二点十五分，已经下课十五分钟了，辛栀磨磨蹭蹭地走出教室，本以为向沉誉会在平常等她的那个位置等她，不想他却并没有出现。

　　辛栀无奈，只好暂时作别了一起同行的同学，去他所在的教室去找他。

　　连她自己都觉得惊讶，她是什么时候起，这么清楚地记得向沉誉的课表的？

当她走到向沉誉上课的那间教室门口时，已经没什么人了，走廊里也空荡荡的，可里头却传来细碎的说话声。

她探头进去瞄了一眼，果然在角落里看到了向沉誉的身影。除了他，还有两个女生。那两个女生，辛栀有点印象，是向沉誉的同班同学，据说其中一个一直很喜欢向沉誉，苦苦追了他很久。

他们明显没注意到辛栀的出现，那两个女生左一句右一句说个不停，还拦着向沉誉不许他走。他居然真不走了，而是坐在椅子上，漫不经心地微微低垂着头望着窗外，手中无意识地转着笔。他表情很冷，和往常一样，叫人看不出情绪来。

不知怎的，辛栀的火气一下子冒出来，她气那些女生明知道向沉誉有女朋友了还缠着他，更气向沉誉居然会被两个女生缠住。她们到底在说什么？他就这么有兴趣听？连陪她吃午饭都忘了？他就不知道直接不理她们，然后离开吗？

于是，她双手抱胸望着他们三个，冷冷地开口："你们在做什么？"

里头一静，而后那支笔掉在了地上。

那两个女生惊讶地朝辛栀看过来，其中一个眼眶明显有些红。辛栀更烦躁了，暗暗腹诽，这是在施苦肉计吗？向沉誉他……不会真吃这一套吧？

在听到辛栀声音的那一刻，向沉誉一顿，然后缓缓侧头。

他似乎也有些惊讶，表情有轻微的松动。

那两个女生好像有些泄气，又小声和向沉誉说了些什么，然后径直从后门出去了。

辛栀的语气有些冲："她们在跟你说什么？"

说完这句她便后悔了，觉得自己是个十足的醋坛子。既然是来找他分手的，就没必要多问这些才对。

向沉誉的眸一眨不眨地凝在辛栀身上，停顿了两秒，他好像这才回过神。他起身朝她走来，微微勾起嘴角，坦诚地说："没注意。"

他反问："你怎么还不去吃饭？"

辛栀一时语塞，怎么也说不出"等你"这两个字。

她恍然，这段时间以来，向沉誉天天都会等她下课然后一起吃饭，即便他自己没有课也会来教学楼。而她有时候任性，故意躲开他，提前早退了几次。偶尔她偷懒不去上早课，也从不通知他，害得他白等。

原来，她早就习惯了……他的存在。

向沉誉见辛栀不答，自嘲般轻笑一声："我还以为你真的不在意。"

辛栀避开这个话题，继续不依不饶地问："你快说，你为什么不直接走？"

向沉誉看着她说："因为我突然不确定。"

"不确定什么？"

向沉誉一顿，从记忆中很勉强地捕捉到刚才那两个女生的只言片语，他嗓音有些低，似乎在掩饰自己的情绪："不确定你是不是和我一样，非我不可。"

辛栀一怔。

"这是你第一次主动来找我。"向沉誉自然地握住她的手，拉着她往外走。

辛栀莫名有些心虚："是吗……"

向沉誉微微一笑："我很开心。"

辛栀一愣，眼神闪烁了一下。不知怎的，她心里一甜，嘴上却仍在埋怨："可是我不开心，既然说了喜欢我，你就该和别的女生保持距离才是……"她忍不住喋喋不休，"跟你说，我这个人占有欲很强的，你下次要是再……"

"不会。"他说。

辛栀满足了，她的笑容还没来得及绽开，便听到他的下一句："你突然找我，是有事跟我说？"

她这才想起自己来找他的初衷，她原本繁杂的思绪豁然开朗。她摇头："没什么。"

向沉誉见她表情不对，也不强求。他收回目光，与她相握的手紧了紧，平静地颔首："嗯。"

他明明没什么表情，辛栀却好像感受到了他的心意，她觉得，是时候了。

于是，她喊他："喂，向沉誉。"

"嗯？"

她笑嘻嘻地主动用空出来的一只手揽住向沉誉的手臂。

"一直忘了跟你说。"她语速慢吞吞的，每一个字都很笃定。

她笑眼弯弯，说："我也喜欢你。"

她突然觉得，自己好像比想象的，还要喜欢他。

特别特别喜欢那种。

番外二

不给糖就捣蛋

万圣节。

案件还没有结束，依然是忙碌的一天，但因为刚获知了新的线索，终于能稍微喘口气了，于是，随着夜晚的到来，整个专案组都洋溢着过节的气息。

年纪小的几个警察兴奋地给专案组每个人送礼物，还买了一大堆糖果，美其名曰万圣节也是节，总是要过一过的。年纪稍大些的则咬牙订了隔壁大酒店的外卖，最近吃腻了泡面，总算能找个机会换换口味了。虽然上班时间不能喝酒，但他们还是买了好几瓶饮料，打算以饮料代酒。

吃过饭后，除了两个上夜班的以外，其余人都陆陆续续回家了。向沉誉今晚约了局长在一个小时以后商谈案件细节，并不能回去，而辛栀则在吃过饭后便不见了人影，她早早打了招呼，自己今晚有事，不能陪他了。

她往年都特别喜欢这类节日，今日却显得有些心不在焉。

向沉誉随手从散乱的桌面上拿了一颗辛栀最喜欢的口味的糖塞进口袋里，独自一人返回了办公室。还没来得及开灯，便听到身后传来一个幽幽的声音："不给糖就捣蛋！"

向沉誉轻笑，刚一转过身去，便见一个漆黑的人影径直扑到他怀里，那漆黑的一团故意掐着嗓子说话，她又重复了一遍："不给糖就捣蛋！"

向沉誉"啪嗒"一声打开了灯，然后稳稳地抱住那团黑影："你想怎么捣蛋？阿栀？"

辛栀气馁，将罩在头上的面具扯下来："你有没有被吓一跳啊？"

向沉誉忍住笑，装作自己并没有看到她抱着一个大背包偷溜进去的样子。

"有。"

辛栀不信，仰着头瞪他："那你为什么还在笑？"

"因为你很可爱。"向沉誉说。

"可爱？你难道看不出来吗？我在模仿伏地魔！"

"伏地魔就不能可爱吗？"

"……少废话，不给糖就捣蛋！"

"真巧，"向沉誉松开一只手，慢条斯理地将口袋里那颗糖撕开，"我今天也格外喜欢吃糖。"

他在辛栀惊讶的眼神中将糖丢进自己嘴里。

"你想要吃就自己来拿。"

又是一年万圣节。

向沉誉耐心地翻开面前的古诗词，一字一顿地念："床前明月光。"

"……"

向沉誉又念："疑是地上霜。"

"……"

那个才几个月大的，乳名为"小年糕"的小孩躺在摇篮里，他眨巴眨巴圆溜溜的眼睛，并不明白他的爸爸在做什么。他只觉得好奇，眼前的男人和平时有些不同，脸上被胡乱涂了些五颜六色的颜料，看起来有些滑稽，可他表情却很严肃。

"举头望明月。"

"……"

小年糕一边咯咯笑，一边开心地伸出手试图去拉向沉誉的手指，却被向沉誉避开。

向沉誉蹙起眉头，与他对视沉思了一阵，终于还是忍不住问："阿栀，他为什么还不睡？"

房间里传来辛栀无奈的声音"你一直念诗他怎么能睡着？

或许你试试抱一抱他，唱唱歌哄他？"

"……"

像是猜到了向沉誉的为难，辛栀放软了嗓音："向三哥，你能不能爱屋及乌一点？"

向沉誉扫了眼被他亲妈形容为乌鸦的小孩一眼，只觉他长得和小时候的他一模一样，他颇觉头痛地按了按额角："好吧。"

辛栀一出房门，看到的就是一个打扮成小丑的男人难得手足无措地抱着一小团软软的生物，那团生物胆子很大，一点也不害怕，别说有睡意了，根本就是活泼得不得了。

打扮成小丑女的辛栀"扑哧"笑出声，她走上前去把小年糕抱在怀里，怜爱地亲了亲他的手指："不然咱们带他一起出去玩吧。"

向沉誉的视线也随着辛栀落在小年糕身上，见小年糕笑得更欢了，好似得逞了一般。他眉头蹙得更紧，只觉好好的二人世界被打扰了。

辛栀得空看他一眼，觉得此时此刻跟自己儿子吃醋的他特别可爱。她亲了亲向沉誉的脸颊，用哄小年糕的语气哄道："好了好了，回来补偿你好不好？"

向沉誉眉头这才稍稍松开，他嘴角勾了勾，顺势吻上辛栀的唇："明天把他送去奶奶家。"

"……好。"

吻上去的那一刻，向沉誉毫不留情地伸手挡住了自己亲儿子的视线。

这天晚上的迪士尼。
辛栀玩得很开心，小年糕也玩得很开心。
只有向沉誉不开心。

小花阅读
【为你着迷】系列介绍

《摸摸头，别哭了》
狸子小姐　著

四个闺蜜｜治愈爱情
厚脸皮海归公子哥 VS 强势总裁未婚妻

有爱片段简读：

江褚忽然一翻身将尹素素压在身下，眼神直勾勾地看着尹素素，语气坚定："尹素素，那我要是真的喜欢你呢？"

尹素素轻笑一声，根本没放心上："不可能的。"

像是为了要证明一般，江褚直接低头亲吻向尹素素的唇，尹素素本能地想要推开他，但是江褚没有给她这个机会，甚至吻得更深，渐渐地，连尹素素也沉溺其中。

结束的时候，大家都有些尴尬，尹素素红着脸一脸喝了好几口酒，才算平复下来。

"江褚，刚才——"

"尹素素，我喜欢你。"

突如其来的告白让尹素素一时间不知道应该怎么去回应，沉默了半点，才说："可我喜欢的是薄言。"

"不能改吗？"

《他比春风更美好》
森木岛屿　著

都市悬爱｜男强女强
不服输小姐 VS 网红店 CEO

有爱片段简读：

"陆景琛，你是个有责任心的好人，也不是靠只会刷脸才能为生的那种花瓶。"她每次提到这件事情的时候，似乎都害怕他一走了之，所以下意识伸手拽住他的衣角。

陆景琛注意到她的小动作，不自觉轻笑了一下，等着她的后话。

"所以，O.M 的时装展，你会去做主模的吧？"

只是没有想到，她的话题最后还是落到了工作上。像只狡黠的狐狸，没有留给他拒绝的余地，阮千帆踩着八厘米的高跟鞋"噔噔噔"迅速溜走。

陆景琛望着门口的方向，嘴角的笑意逐渐加深。

原来，这个家伙也有不那么强势又一本正经的时候。

《原来他也喜欢我》
晚乔 著

冤家路窄 | 海上奇缘
冰山男大副 | 正义小记者

有爱片段简读:

他只是闭着眼睛,静静地听。

而池渝就托着腮坐在一边看他。

其实,他睡着也好,只有他睡着,她才敢这样看他。

看着看着,她皱了眉头,捂了捂心口。说起来也真是没出息,但只要看着他,她的心脏就不大对劲了。胸腔里,它一下往上跳一下往下跳,一下往前跳一下往后跳,一下往左跳一下往右跳,一点儿都不规律。

糟糕。

池渝想,原来只是有点儿喜欢,可现在,好像越来越喜欢了。

《听你说,你愿意》
鹿拾尔 著

警校恋人 | 陈年冤案 |
小心翼翼再度靠近 | 嫁给我,好吗

有爱片段简读:

她放松身体,轻轻把头靠在向沉誉肩膀上。她本有些嫌弃这么重的酒味,可突然又觉得,因为是向沉誉,所以这味道也变得好闻起来了。

"等案子结束后,你有什么打算?"她随口问。

向沉誉不假思索:"结婚。"

辛栀笑了一声,故意问:"和谁?"

向沉誉熟稔地牵住她的手,与她十指相扣:"和一个明知故问的人。"

她脑子里漫无边际,想到哪儿就问:"那结婚了之后呢?"

向沉誉依然闭着眼,嘴角却满足地微微一挑:"阿栀,为我生一个孩子。"

辛栀有些愣,她之前从未想过这个问题,老半天才说:"那……你喜欢男孩还是女孩?"

向沉誉脸上的笑容更深,低沉的嗓音像在呢喃:"只要像你。"

【大鱼家族】
小花读者福利群首次开放招新了！！！

天气热热热热……大鱼小花读者群开张，送礼送不停！

1 群群号： 149365431

敲门暗号： 一本大鱼或小花出版的图书名

（满员后可加 2 群，2 群群号：625085019）

暑期福利
三重惊喜

（1） 2018 红包福利

2018 年 12 月 30 日前，每逢周五、周六晚上 8 点，群主随机掉落红包雨，拼手速，拼颜值，拼运气的时候到了！

（2） 免费送书福利

每天都有一名值班的编辑小哥哥小姐姐陪你们聊天互动游戏问答，随时可能会有各种神秘礼物掉落砸中你！最新大鱼家族图书 1 元秒杀、限时 9.9 新书包邮、抢红包手气最佳者送指定新书、编辑私藏小礼物、作者特签好书、大鱼淘宝店 VIP 优惠券等应有尽有。

（3） 大鱼小花定期招募

定期招募兼职小记者、兼职书评员、团购宣传员等，一经采用将获得兼职报酬，进群可第一时间了解相关信息！

沿左下角剪下印花，集齐"有爱的青春陪伴着"八个字寄送以下地址，即可获得大鱼文化图书一本；当月还将抽取 5 位幸运儿，赠送 50 元大鱼淘宝店现金红包。截止时间 2018 年 12 月 31 日。

公司地址：湖南省长沙市雨花区香樟路融科东南海
前海天地 1 栋 13 楼大鱼文化（收）邮编：410000

沿虚线裁剪下

♥陪

集印花，送惊喜！

有爱的青春陪伴着

暑期爆笑上市

《你不说话也很甜》

森木岛屿 / 著

冤家相聚 / 爆笑恋爱 / 全程高甜

【内容介绍】

辜妮碍于公司利益，
要去跟传说中那个拽天拽地黑白通吃的冷血大腕——相亲了。
结果进门就看到露着文身姿势无比浮夸的喻郅琰
——左青龙右白虎中间夹个米老鼠。
这人……怕是脑子有病？
喂，大哥，你的文身掉了。

戏份很足的贱精总裁 VS 杀伤力满分少女之土味日常

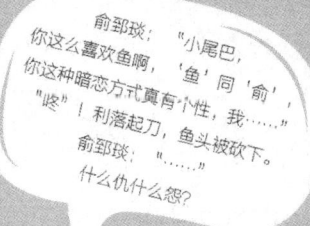

喻郅琰："小尾巴，
你这么喜欢鱼啊，'鱼'同'俞'，
你这种暗恋方式真有个性，我……"
"咚"！利落起刀，鱼头被砍下。
喻郅琰："……"
什么仇什么怨？

辜妮：
"我上次跟你说的话你还记得吧？"
喻郅琰："知道知道！"
辜妮："对我来说，婚姻就是生意……"
喻郅琰："你做你的生意，
我追我的姑娘。"

喻郅琰：
"给老子站住！有本事你给我出了这个门，
以后就别让我看见你，不然……"
辜妮："不然你怎么样？"
喻郅琰："不然我……"
"见你一次喜欢你一次。"

英明一世
怨天怨地的霸气琰哥
走上了二十四孝男友兼任男保姆的不归路……

辜妮，你尽管拒绝我，反正我还有一百种方法把你追到手！

图书在版编目（ＣＩＰ）数据

听你说，你愿意 / 鹿拾尔著. -- 贵阳：贵州人民
出版社，2018.7
ISBN 978-7-221-14674-8

Ⅰ. ①听… Ⅱ. ①鹿… Ⅲ. ①长篇小说－中国－当
代 Ⅳ. ①I247.5

中国版本图书馆CIP数据核字(2018)第147072号

听你说，你愿意

鹿拾尔 / 著

出 版 人：苏　桦
出版统筹：陈继光
选题策划：大鱼文化
责任编辑：唐　博
特约编辑：雪　人　娄　薇
装帧设计：刘　艳　孙欣瑞
封面绘制：舟蒲麦
出版发行：贵州人民出版社（贵阳市观山湖区会展东路SOHO办公区A座
　　　　　505081）
印　　刷：长沙鸿发印务实业有限公司（长沙黄花工业园三号 邮编410137）
开　　本：880×1230毫米 1/32
字　　数：177千字
印　　张：9.125
版　　次：2018年7月第1版
印　　次：2018年7月第1次印刷
书　　号：ISBN 978-7-221-14674-8
定　　价：35.80元